叶卡捷琳娜·卡列特尼科娃（1976— ），俄罗斯儿童文学作家，2008年开始写作，2011年中篇小说《六月的奇遇》获"国际克拉皮温全国儿童文学奖"。2013年小说《第五片海的航海长》进入"全俄青少年文学优秀作品大赛"的决赛。

序　言

　　"一个人其实永远也走不出他的童年"，著名儿童文学家、国际安徒生奖获得者曹文轩先生曾这样写道。另一位国际安徒生奖获得者詹姆斯·克吕斯则说："孩子们会长大，新的成年人是从幼儿园里长成的。而这些孩子会变成什么样，在某种程度上取决于那些给他们讲故事的人。"儿童文学在个人精神成长中所扮演的角色至关重要，可以说，它为我们每个人涂抹了精神世界的底色，长久影响着我们看待世界的方式。

　　中国本土现代意义上的儿童文学的产生和发展，在很大程度上得益于五四以来对外国儿童文学的大量译介和广泛吸收。无数优秀的外国儿童文学作品，经由翻译家之手，克服语言和文化的重重阻隔漂洋过海而来，对几代国人的精神世界产生了不可磨灭的影响。其中，俄苏儿童文学以其深厚的人文关怀、对儿童心理的准确把握以及充满诗情画意的语言滋养着一代又一代中国读者的心灵。亚历山大·普希金的童话诗、列夫·托尔斯泰的儿童故事、维塔利·比安基的《森林报》等作品，都曾在中国的域外儿童文学翻译史上留下浓墨重彩的一笔。

苏联解体后，俄罗斯社会、经济和文化等方面均发生了天翻地覆的转折与变迁，相应地，俄罗斯的儿童文学也进入了全新的发展时期。在挣脱了苏联时期"指令性创作"的桎梏后，儿童文学走向了商业化，也由此迎来了艺术形式、题材和创作手法上的极大丰富。当代杰出的俄罗斯儿童文学作家不仅立足于读者的期待和出版界的需求进行创作，也不断继承与发扬俄罗斯儿童文学自身的优良传统。因此，一批优秀的儿童文学作家和作品得以涌现。

回顾近年来俄罗斯儿童文学在中国的出版状况，我们可以清楚地看到，对当代优秀作品的译介一直处在零散的、非系统的状态。我们在"中俄文学互译出版项目·俄罗斯文库"的框架下出版这套《少年文学丛书》，就是为了改变这种状况，希望能以一己微薄之力，将当代俄罗斯最优秀的儿童文学作品介绍给广大中国读者，以期填补外国儿童文学译介和出版事业的一项空白，为本土儿童文学的创作和研究拓展崭新的视野，提供横向的参考与借鉴。

本丛书聚焦当代俄罗斯的"少年文学"。少年文学（подростково-юношеская литература）是儿童文学的重要组成部分，一般指写给 13—18 岁少年阅读的文学作品。这个年龄段的少男少女正处于从少年向成年过渡的关键时期，随着身体的逐渐发育和性意识的逐渐成熟，他们的心理也发生了较大的变化。他们渴望理解和友谊，期待来自成人和同辈的关注、信任和尊重，对爱情怀有朦胧的向往和憧憬，在与成人世界的不断融合与冲撞中开始逐渐形成自己的人生观与价值观。这是个"痛并快乐着"的微妙时期，其中不乏苦闷、痛苦与彷徨。因此相应地，与幼儿文学和童年文学相比，少年文学往往在选材上更为广泛，在人物形象的塑造上更为立体丰满，在反映现实生活方面也更为深刻真实。

需要特别指出的是，少年文学的受众并不仅限于少年读者。真正优秀的少年文学必然是雅俗共赏、老少咸宜的，成年读者也能够从中学习与少年儿童的相处之道，得到许多有益的人生启示与感悟。

当代俄罗斯少年文学有几个新的特点值得我们加以注意：

首先，在创作题材上，创作者力求贴近当代俄罗斯少年的现实生活，反映他们真实的欢乐、困惑与烦恼。许多之前在儿童文学范畴内创作者避而不谈的话题都被纳入了创作领域，如网络、犯罪、流浪、性、吸毒、专制等。在某种程度上，这也是苏联解体后混乱无序的社会现实在儿童文学领域的一种投射。许多创作者致力于描绘少年与残酷的成人世界的"不期而遇"以及由此带来的思考与成长，并为少年提供走出困境的种种出路——通过关心他人，通过书籍、音乐、信仰和爱来摆脱少年时期的孤寂、烦恼和困扰。

其次，在创作方法上，许多当代俄罗斯儿童文学作家勇于突破苏联时期的社会主义现实主义传统，对传统的创作主题进行反思，大胆运用反讽、怪诞、夸张、对外国儿童作品的仿写等多种艺术手法进行创作，产生了一大批风格迥异的作品。在人物塑造方面，众多创作者致力于塑造与众不同、特立独行的少年主人公形象，力求打破以往的创作窠臼，强调每个人物的独特之处。

此外，作家与读者的交流方式也发生了巨大的变化，部分作家借助自己的博客、微博、电子邮件等与读者直接进行交流，能够及时地获知读者的评价与反馈，从而在创作活动中更好地反映现实中的问题，满足读者的需求。

本丛书收入小说十余篇，均为近年来俄罗斯优秀的少年文学作品，其中多部作品曾经在俄罗斯国内外大赛中取得优异成绩，一些脍炙人口的上乘之作（如《加农广场三兄弟》等）还曾被改编为电视连续剧。这套丛书风格多样，内容也颇具代表性，充满丰沛瑰丽的想象、对少年心理的精确洞察和细致入微的描绘，相当一部分作品还深入浅出地介绍了一些专业知识（如《斯芬克斯：校园罗曼史》中的埃及学知识，《无名制琴师的小提琴》中的音乐知识，《第五片海的航海长》中的航海知识等），具有极强的可读性，足以让读者一窥当今俄罗斯少年文学发展的概貌。

本丛书由北京大学外国语学院俄语系 2013、2014 级研究生翻译，力求准确传达原作风貌，以传神和多彩的译笔带领广大读者体会俄罗斯少年的欢笑与泪水，感受成长的快乐与痛苦，以及俄罗斯文学穿越时空的不朽魅力。

第一章

　　钥匙无声地转动了一下。尼卡推拉转动了几下锁把儿，锁没松动。这就搞定了：仓库锁上了，摩托艇也准备好了。尼卡把钥匙塞在门前一块扁扁的石头下面，扶了扶绑在额头上的小灯。一道窄窄的灯光照亮了两旁带铁栏杆的木栈桥。尼克握住栏杆，缓缓地向尽头挪过去。

　　摩托艇在微微的波浪上摇摇晃晃。尼卡从栈桥上来到船上，从头上摘下了小灯。现在他不需要这灯了，摩托艇上有灯光。

　　他最后一次看了眼黑暗的仓库，喘了口气，然后启动了发动机。咕隆咕隆的轰鸣声有力而均匀地响了起来。摩托艇平稳地驶离栈桥，向着北方，向着波浪滚滚的地方驶去。

　　在过去的十四年里，尼卡见过四个海，四个真正的大海。每片海的海水都有自己的特点。

　　黑海的水是透明的蓝绿色，看上去暖暖的，码头盘旋着伞状的水母和鱼群。最靠近混凝土墙的地方游动着尖头的黑鱼秧。它们在海面上嬉耍，吃种子和面包屑。更深的海域里游着大一些的鱼，它们的脊背像红色的火焰。而在海的底部，几乎要接触到沙子的地方，一些身体修长、样子奇怪、前鳍张开的鱼的影子一闪而过。黑海吸引着人们立刻跳进去，尽情地游泳，直到眼睛因为进了太多海里的盐而发红，直到肩膀因为不常有的疲惫而酸痛。

白海是深蓝色的，在强烈的阳光照射下海面闪闪发光、令人炫目。船在汹涌的波浪上摇摇晃晃。在地平线上，不时地浮现出被白雾笼罩的黑色小岛。岸边的一条条水草弯弯曲曲地延伸着，水草下面是发白的石头。尼卡没敢到这样的海里去。在布满石头的海滩上，他卷起衬衫袖子，把手放进海里浸了一下。手指一下子就麻木了，好像有成百上千的冰针刺入了皮肤。

波罗的海是灰色的，海面像被浪峰切割了一样起伏波动着。海上白色的浪花泛着泡沫，浪高高地涌起，然后水花四散，拍打着石头。海里石头很多，有时从浪里露出圆圆的顶，有时露出切得平平整整的晶面，有时透过浑浊的泡沫微微发光。要想游泳，需要在没过脚踝的冷水中走很久，避开脚下光滑的石头，并在一阵阵浪花涌向岸边时跳起来。尼卡坚持漂浮了两分钟左右，海浪就把他完全覆盖了，他呛了水，咳嗽了好一阵儿，又用力地晃了晃头，因为耳朵里也灌了不少水。如果不是这样，他也许还会像其他人一样在海里再摇摆着游一会儿，可耳朵里簌簌的响声实在令人讨厌，他也并不想跳，只想把自己裹在毛巾里，并从保温杯里倒杯热茶来喝个痛快。

日本海在尼卡看来是最绿的。它的海水比黑海要冷，码头边闪动着光滑的鱼背。尼卡透过清澈透明的海水仔细看了看沙底，却无法判断这水究竟有多深。他没能在海里游泳——时间不够了，但还是来得及赤脚沿着海边走一走，也来得及感受脚上每个细小的擦伤碰到盐的刺痛。

在前几片海面前，尼卡从未害怕过。可是在这里，尼卡觉得，只要再过一小会儿，他不仅不能前进，而且还会除了怎样到达对岸之外完全想不了别的。

"这是恐惧，愚蠢的恐惧而已，事实上没什么可怕的！"尼卡对自己重复道。毕竟自己面前的连海都不是，而是一个最普通不过的湖。唔，就算不是那么普通，就算这湖又大又深，但深的地方并不在这里。在很多很多公里以外，才是深不见底的地方。而这里，尼卡知道，并没有那么深，况且旁边还布满了小岛。把摩托艇慢慢地开到任何一个小岛上都只要十五分钟左右。

　　这就说明，没什么可怕的。只需要坚持原定方向，冷静、慢慢地航行。更准确地说，是"走"而不是"航行"，海员们都这么说。只要往亮着灯的地方"走"去，而且要明白，在任何时候都是可以返回的。尼卡想到这些，恐惧就散去了，即使不是完全散去，但不管怎么说他的手又听使唤了，几乎不再颤抖，心脏也正常跳动，而不是悬在嗓子眼儿了，甚至连身体好像也稍微暖和了一些。不过总的来说，尼卡还是冻得要死。他没有想到，夏末的晚上在水上行船会这么冷。

　　说实话，他没想到的事情很多。比如他没想到，在湖的这个区域里不时有快艇疾驰而过，掀起汹涌的波浪，差点把他的摩托艇掀翻；他没想到，空中会形成这样毛茸茸的雨云；也没想到，黑暗这么快就降临在他身边。

　　的确，尼卡的摩托艇上有舷灯——绿色的和红色的，后排座位上还有一盏不大但很亮的照明灯。如果不是它们，尼卡估计会在这阴沉沉的暮色中迷路。有这些灯，他至少不怕别的船会以全速撞上自己这个小摩托艇，准确地说，至少不那么怕。

　　尼卡把夹克的拉链一直拉到下巴处，开始加速。距离他的目标还剩不到一千米的航程了。接下来，需要找一个僻静的地方，以免让岸上的警卫看见。然后降下锚球，等待从远处驶来一艘闪着灯光的大轮船，到那时……

"到那时，一切就都解决了。"尼卡心想。

如果他当时没有胆怯的话，所有的事儿老早就可以解决了。那样的话，他就不用想出这么一个连他最好的朋友也觉得荒诞到家了的计划，也不用开摩托艇在黑暗的水面上破浪前进，还冻得瑟瑟发抖了。

第二章

甲板轻微地摇晃着，幅度小到难以察觉，可阿尔卡突然尖叫了一声，双手抓住了栏杆。

"你怎么了？"丝维塔惊讶地问，"害怕吗？"

阿尔卡耸了耸肩，勉强笑了一下。

"怎么可能！只是鞋子太滑了。"

丝维塔看了看阿尔卡的鞋——一双全新的浅米色细高跟鞋。

"要不，你换双鞋吧？"

"才不要，"阿尔卡扑哧笑了，"我想要穿得美美的，只有你才总穿运动鞋。"

丝维塔想，她也不总是穿运动鞋，只是从右腿拆线之后的最近半年才穿。如果她穿皮鞋，那么五分钟后脚掌就会酸痛难受，在船上只能一瘸一拐地走，还会站不稳，不时地要抓栏杆索。哪还谈得上什么美不美呢？但她不想提这些了。直到现在，回忆那段故事都让她觉得……不是害怕，而是因为不愉快加上莫名的害臊，尽管丝维塔当时没做任何不好的事情。她那时只是很幸福，又很愚蠢，忘记了世上的一切。

的确，之后又发生了一些事儿，使得她和阿尔卡之间好像有一层无形的膜紧绷着。从表面上看，一切还和从前一样。

但实际上，丝维塔感觉到，阿尔卡永远不会再信任她了。不会再像从前那样。那时候她们还很小，树木显得好高大，而大人们能为她们遮挡所有困难。

"那明天跟团游览时你还是穿这双鞋吗？"丝维塔抛开难过的思绪，饶有兴趣地问。

"当然了，"阿尔卡点点头，"何况得穿长裙。只有老太婆才穿裙子而不穿高跟鞋呢。"

"也就是说，我是老太婆咯？"

阿尔卡把手从栏杆索上拿下来，整理好衬衫领子。她的衬衫很贵，是在一家新开的商场买的。白色底色上的粉银色条纹在阳光下闪着耀眼的光。

"你不是老太婆，只是你对这个无所谓。可我做不到。"阿尔卡肯定地说。

丝维塔叹了口气。阿尔卡的话听起来似乎没什么特别的，但丝维塔感觉到，如果阿尔卡再说一点儿，自己就要哭出来了。最近阿尔卡经常说一些话，让丝维塔觉得自己……该怎么描述呢？不正常？老土、没用并愚蠢得可笑？有时候，丝维塔听到这样的话就会随便跑到哪儿去大哭一场，但如果要吵架或者跟阿尔卡解释什么的话，丝维塔并不敢。因为第一，阿尔卡比她大一岁，人家已经十五岁了，不像你才十四岁。第二，长期以来，阿尔卡的生活方式都与丝维塔完全不同。比如说，她可以不在晚上九点之前回家，甚至都可以不给妈妈打电话。或是把头发染成白金色，或是向成年的邻居朋友借几天短皮外衣穿。而丝维塔从来没有过成年的闺蜜。第三，丝维塔知道，阿尔卡至今认为她有错。

"我们去船尾吧？"丝维塔提议，她尽力把难过隐藏起来。

阿尔卡宽容地点了点头，挽起丝维塔的手。

船尾有一张带有圈椅的圆形塑料桌，还有两条长板凳。

阿尔卡咕咚一声坐在板凳上。

"这里还不错，"她环顾四周，评价道，"很方便，而且这么舒服。"

"而且没有风。"丝维塔说，"要是在船头我们就要被风吹倒了！"

"那我们去船头？"阿尔卡说，"去那边站着，张开双手，和海鸟们玩儿。只是要先换个衣服。你有外套吗？"

她有时候喜欢装成小女孩。丝维塔觉得这很傻，但她说什么也不会告诉阿尔卡，自己在这样的时刻觉得很不好意思。

"当然了。"

"我有风衣。那我们进房间去拿衣服吧？"

"你去吧。"丝维塔微笑着说，"我不会冻死的。"

阿尔卡踩着高跟鞋，蹬蹬地走向从露天甲板通向客舱的门。

丝维塔在圈椅上动了几下，让自己坐得舒服一点儿。微风中散发着水、湿润的沙滩和些许水藻的味道。这种味道只有晚上在大河边或者湖边才能闻得到，城市里是从来没有的。丝维塔想到，最近几个月自己几乎讨厌死城市了，尤其是自己的故乡——那个所有邻居们都彼此认识的小城。

轮船驶过后留下航行的痕迹。船边波涛汹涌，泛起泡沫，好像是美人鱼要在一个巨大的锅里煮鱼汤。但离船舷越远的地方，泡沫就越小，航迹也变成了两条散开的波浪。发动机发出单调的轰鸣。肥肥的海鸥在甲板上空盘旋、鸣叫着。

丝维塔想，可以一个人在这儿坐到晚上了。可以什么也不去回忆，什么也不怕。在这个四层的轮船上，没有人会蔑视地看着她，没有人会在角落窃窃私语，斜眼望向她这里。要知道，她几乎已经对此习惯了。尽管刚开始的时候，她觉得这些异样的眼光能在皮肤上烤出洞来，而那些伴随着口哨声的流言蜚语在她耳朵里痛苦地响着，让她觉得自己快要聋了。只是阿尔卡……阿尔卡未必会给她忘却一切的机会。

阿尔卡从玻璃门后缓缓地走出来，掩上牛仔风衣的衣襟，向丝维塔走来。

"已做好环球旅行的准备。"她傻里傻气地报告道。

"那也应该做好环甲板旅行的准备了。"丝维塔纠正她说。

这时，一个五岁左右的小男孩向船尾跑来，他的 T 恤胸前印着一只眼睛鼓起的小熊，下面穿着蓝色牛仔裤。

"妈妈，"他叫道，"快点！那儿有鸟儿！"

后面跟着一个卷发女人，手上提着一只棕色的包。

"调皮鬼，等一等！"她叫道，一边慌忙地在包里翻找着什么，"妈妈要把重要的文件收起来。"

"干吗要收起来？"儿子呵呵一笑，"你看阿姨是怎么拿重要文件的。"

说着他就用胖胖的手指指向丝维塔和阿尔卡。卷发女人用不解的眼神打量了女孩们一眼，突然转过身去。丝维塔听见了一声低笑。

"调皮鬼，用手指着别人是不礼貌的！"一分钟后，女人用略带沙哑的声音说。她抓住儿子的手，拖着他沿着甲板往前走去。

"可是，妈妈，那儿有鸟儿！"孩子哭诉道。

"那是海鸥，"妈妈嘟囔道，"它们会吓到你的小熊的。"

"怎么会呢？"

卷发女人是怎么回答的，女孩们就没有听见了。

"怎么会，这可以理解，"阿尔卡嘟囔道，"可是，他们指的是什么？在说什么文件？"

"不知道，"丝维塔刚想说话，但看了阿尔卡一眼后，嘿嘿笑了出来，"你从哪儿搞到这个的？"

"什么东西？"阿尔卡吓坏了。

"看看你的鞋子！"

阿尔卡打量了一下自己的鞋头，上面干干净净的，像镜子一样闪着光。

"你看看鞋跟，右脚的。"丝维塔提示她。

阿尔卡坐到长椅上，抬起脚。在鞋跟靠近鞋后掌的地方粘了一张白色的纸。

"真恶心！"阿尔卡厌恶地皱起眉头，扯下那张纸，"这里的垃圾桶在哪儿？"

"在你前面。"丝维塔说。

阿尔卡把纸揉成一团，对着垃圾桶的圆孔抛出一道弧线。可是一阵风把纸团截住了，它没有飞进垃圾桶里，而是飞到了丝维塔的膝盖旁。

"谢谢，"丝维塔笑了起来，把纸团展开，"你看！这是张字条！看来是有人送来给你的，而你就这么扔掉？连看都没看。"

阿尔卡不相信地眯上眼睛，"哼，送来！还粘在鞋跟上！"

"粘到鞋跟上的是你自己。而他呢，比方说，只是把字条放在了船舷的门边。"

阿尔卡皱起了眉头。

"哎，这也有可能！"她想了想之后，表示同意。"只是，他不是放到门边，而是从门下边塞进来的。外面的地很光滑，而里面的地毯这么柔软，所以我就碰巧踩到了这张纸上。等一下，字条上写的什么？"

丝维塔睁圆了眼睛：

"写的是那些事儿！"

"什么事儿？"

"我都不敢给你念！"

"你挖苦我？"阿尔卡微微眯上了眼睛。

"不是啦。"

丝维塔突然忧郁起来。她想到,那段她今天不想回忆的故事就是从这样愚蠢的玩笑开始的。突然她就失去了那种触觉,完全不明白什么时候可以笑,而什么时候玩笑会引发一些之后变成自己噩梦的事情。

"上面写着:'午夜到阳光甲板来,或者你永远不会再见到我了。'"丝维塔念道。

"今天午夜到干草棚来。"阿尔卡嘀咕道,似乎在自言自语。

"你说什么?"

"记得吗,《爱情公式》①里的?"

"啊,记得。"丝维塔点点头。

阿尔卡抢走了字条,自己又读了一遍。她的眼睛里闪烁着一种丝维塔从未见过的东西。这种丝维塔从未见过的表情使阿尔卡显得陌生和傲慢,好像在丝维塔旁边的不是曾经和自己朝夕相处的表姐,而是一个完全长大了的自负女孩。甚至不是女孩,而是个模特洋娃娃,冰冷的眼睛里透着凝滞的轻视。

---

① 《爱情公式》,俄罗斯电影名。

"也许，是谁开了个玩笑吧。"丝维塔低声说道，努力地挤出一个微笑。

似乎这个微笑决定了阿尔卡会不会相信这张字条是个愚蠢的玩笑，并在一分钟后就忘记它。如果她相信了，那么她将变回原来的阿尔卡——即使有时候会对丝维塔说一些令人难过的话，但不管怎样还是那个丝维塔习惯的、亲切的阿尔卡。如果她不相信，那么她就永远是个带着冰雪女王的冷笑的瓷娃娃了。

阿尔卡用奇怪的眼神看了丝维塔一眼，一下子又沮丧地撅起嘴唇，点了点头：

"很有可能。行了，我才不用为了这个烦恼！"

她又变回往常的阿尔卡了。

"也就是说，你不去？"丝维塔高兴起来。

不知道为什么，她非常希望阿尔卡不去。

"看看吧，"阿尔卡神秘地笑了，"我还没决定呢。"

那表情实在太神秘，让人没法儿忘记那张愚蠢的字条。丝维塔想，阿尔卡会在午夜去阳光甲板的。而且不是一个人，她会和自己一起去。因为一个人毕竟会害怕——即使阿尔卡自认为她已经是成年人——可两个人一起就不怕了，况且还可以假装她们根本不是在等人。

第三章

尼卡看了看表。如果他计算得准确的话，轮船将在十分钟后出现。尼卡握紧方向盘，开始加速。摩托艇猛地开动起来，在浪上翻飞着，向着黑暗的远方疾驰而去。尼卡直直地看着前方。喷溅起来的水珠飞越过挡风玻璃，沾满了他的外套，尤其是袖口上。尼卡心想，再溅上一点点，布就得湿透了。

"就随它去吧！"他咕哝道。

尼卡的脸上也被溅上了豆大的水珠，他眯起眼睛，皱起眉头。正因为这样，他没能一下子看出，摩托艇周围的水变得比之前黑了。一开始，尼卡以为不过是黄昏降临了，可后来才明白，问题不在这儿。在某个时刻，摩托艇滑过的水面看起来都不像是水，而是黏稠的污泥，所以船才行驶得越来越慢了，而发动机也吃力地发出响亮的轰鸣声。尼卡仔细观察着摩托艇外面黑色的波浪，想不明白这到底是怎么回事。

他试图加大油门，好更快地通过这段奇怪的路，但发动机不听使唤了。它没有轰鸣起来，而是发出像打喷嚏一样断断续续的声音，好几次都是猛地抖动一下，然后就熄火。尼卡愣了一下，他突然明白了，为什么水看上去是黑的，而摩托艇在水上走得这么慢。为了最终证实自己的可怕猜想，他挪到了船舷那里，从座位上站起来，把手放进水里。手指触碰到了冰冷的水。但这还好。在他目光所及的地方，水里毛茸茸的黑色水草蜿蜒生长着，那水草多得好像合成了一张微微动弹着的地毯。

"糟了。"尼卡吃惊地嘀咕着。

现在他准确地知道，发动机不能工作了，因为螺旋桨上缠上了又长又厚的水草。幸好，发动机没有在尼卡停船之前就坏掉。

风吹得更猛烈了，摩托艇在浪里摇摇晃晃，而尼卡则呆呆地望着远方。一艘闪着五颜六色的灯光的四层轮船从黑暗中驶来了——这就是尼卡急着赶过来的目标。可现在，这已经完全不重要了。尼卡脑中盘旋着唯一一个问题：怎么弄掉螺旋桨上的水草呢？

轮船消失在黑暗之中了。波浪滚到尼卡的摩托艇旁，使之向上一颠，然后又翻滚而去了。好像从来没有任何轮船经过一样。好像这一切都是被水花淋湿了的尼卡在做梦。

尼卡突然想到，最近半小时里没有一艘快艇经过。也许，因为天已经太晚了？或者只是因为他不知怎么地来到了一个既没有渔民也没有游客出没的地方？是啊，这可怎么办呢……

尼卡用手轻轻扶着船边，向船尾走去。大概需要把马达抬起来，搬到船上，把螺旋桨上缠绕的水草解开。然后呢？再把发动机放回到这片稀泥中？如果尼卡准确地知道，干净的水域从哪里开始，他也许会冒这个险，但他并不知道。往这里来的时候，尼卡是靠着大岛屿上的灯光定向的。而要回去，就没有这样的"灯塔"了。尼卡来时的岸已经在远处，并且荒无人烟，黑暗一片。不知道为什么，尼卡出发的时候觉得，回来的路不费劲儿就能找到。准确地说，不是这样——是他压根儿就没想过回来的路。

从远处传来了发动机的轰鸣声。尼卡想喊些什么，但还是决定等船靠近了再说。因为喊出来太丢人了，而且别人也不会明白他在喊什么。喊救命？可尼卡并不是就要淹死了！

他等待着，在后排椅子上坐也坐不安稳。

轰鸣声并没有靠近。相反，几分钟后，尼卡觉得那声音越来越小了。他开始害怕了：要是快艇沿着自己的航道开走，他就完蛋了。尼卡决定求助。

"哎！"他用尽全力地喊道，"快艇上的人！"

这样的叫法好像在哪部电影里出现过。

没有人回应。

尼卡咳嗽了一声，又用自己最大的声音叫道：

"有——人——吗！"

一艘高高的快艇在浪里扑哧扑哧地矫健地前进着，开到距离尼卡大约二十米的地方停了下来。

"人就在你旁边。"从那儿传来了喊声。

尼卡高兴地挥起了手臂。

"您好！"

"你好！你在那儿干什么呢？"

"我就坐着！"尼卡回答道，他很难看清船上人的轮廓。

那人看起来又高又瘦。

"在捉鱼吗？"陌生人问道。

"不是！"尼卡摇了摇头，"我的发动机熄火了。"

"当然了！"艇上的人发牢骚，"大家的船到这儿都熄火。因为这成片的水草！"

"我已经明白了。"尼卡说。

"到这儿来吧，划桨过来！"

尼卡感觉好像被人抛了起来。他自己怎么就没想到呢？还可以划桨？真是个笨蛋！

尼卡咚的一下坐到中间的椅子上，机械性地向桨架伸出手，突然……

"我忘带了，"他嘶哑地喃喃道，声音非常轻。

但快艇上的人听见了。

"常有的事儿！"他回答尼卡，把自己的桨放进了水里。

尼卡觉得羞愧极了，连嗓子里都开始发痒。

"绳子也没有吗？"快艇上的人问道。

"没有。"

"文明的孩子……"

这些话听起来像是骂人的，尼卡甚至想要生气，但没来得及。

大风狠狠地刮着。耀眼的闪电划过黑色的天空，还打起了雷。如果尼卡没有亲耳听到，他怎么也不相信，还会有这样巨大的雷声。好像每一道浪都在发出震耳欲聋的轰鸣声。这声音大得让人耳鸣，眼睛里也流出了眼泪。

尼卡惊呼了一声，用双手擦了擦脸。

"抓紧!"快艇上的人喊道。

尼卡只点了点头,用尽全力抓紧了船舷。

在短短几分钟内,微小的、黑暗的波浪变成了顶着白色泡沫的巨浪。摩托艇被一次次地抛了起来,并摇晃不止。尼卡艰难地喘了口气,眯缝起眼睛。

如果今天早晨他知道,晚上会是这样的天气,他大概就不会走出家门了。那他现在就会一个人在家里,听着音乐。或者把光盘放进录像机里,看些老的喜剧片。

要是这样该多好啊!爸爸妈妈都飞去贝加尔湖①了,要待两周。他们给他留下了钱,还有多得吃不完的食物。有什么不幸福的呢?

可是不行。他想要完成点儿事情!但还是什么也没做成,甚至不是因为打雷,而是因为某些愚蠢的水草。不管跟谁说,都只会引来他们的嘲笑。

也许,没做成反而更好呢。因为老实说,尼卡的计划实在太大胆了,而且很危险。

唯一糟糕的是,这样他什么也改变不了了。

"不要睡觉!"

---

① 贝加尔湖,俄罗斯东西伯利亚南部的淡水湖,是世界上最深的湖泊。

尼卡听见喊声，睁开了眼睛。

"会捆东西吗？"

尼卡觉得，快艇上的人因为打雷已经精神不正常了。

"什么？"他瞪起眼睛，"难道我很像个女人吗，会编织①？"

"你……"

他的话被震耳欲聋的轰隆声淹没了。

当尼卡重新能听见的时候，艇上的人已经什么也不问了。他把绳子的一头抛给尼卡，这下尼卡才明白——需要把摩托艇捆起来。

---

① 俄语中"捆"和"编织"是同一个词。

第四章

　　十一点半的时候轮船缓缓地在波浪上摇晃着，逐渐向奥列舍克①城堡靠近。探照灯在黑暗中照射着古老的矮塔。灯光一会儿照亮了凹凸不平的砖石砌体，一会儿照亮了尖顶的碎片，一会儿照亮了顶着泡沫的波浪，那波浪撞上城墙，散落成细小的黑暗的水珠。

　　阿尔卡掩上风衣，开始坐不住了。

　　"那儿有些可怕。"她说。

　　丝维塔耸了耸肩。

　　"老教堂通常都是幽暗的，但还是很漂亮。"

　　"我不知道，"阿尔卡摇了摇头，"反正我看到这样的美景会起鸡皮疙瘩。"

　　"这是应该的！就是要让别人一看见，就立刻感觉不自在，然后就不再想闯进去了。城堡是为什么而建的？为了防御敌人。"

　　"说的也是。"阿尔卡表示同意。

　　轮船又开始加速。随着每一分钟的流逝，城堡的轮廓都变得越来越模糊，直到最终消失在瓦灰色的轻烟之中。聚集

① 奥列舍克，彼得要塞城，1323~1611年的名称。

在甲板上的游客们开始各自散去，只剩下了阿尔卡和丝维塔。

"瞧，"丝维塔叹了口气，"大家都跑回去睡觉了。"

"睡什么觉，"阿尔卡摇摇头，"他们都去酒吧了，或者是去迪斯科。"

"要不然，我们去看看他们玩儿的地方怎么样？"

"还能怎么样！"阿尔卡皱了皱眉，"再清楚不过了。四十岁的阿姨们在她们年轻时流行的歌曲的伴奏下跳舞。什么《甜蜜的五月》《海市蜃楼》，还有塔季扬娜·奥夫西延科①。真是开心！我觉得，应该去另一个地方。"

她看了看表，变得严肃起来，又变得像个大人了。只是这一次她并不傲慢，而是有点儿惊惶。

"还剩五分钟。我们走吧？"

"去哪里？"丝维塔做出一个不解的表情。

"去阳光甲板，"阿尔卡解释道，"夜里这么叫它真傻，不是吗？"

"啊哈，夜里它应该叫月光甲板。"

"可今晚连月亮也没有。"阿尔卡说。

---

① 塔季扬娜·奥夫西延科，1966年生于基辅，俄罗斯歌唱家，功勋演员。

　　丝维塔向后仰起头：的确没有月亮。轮船上方乌云密布。看起来，好像不一会儿就会从天上飘下冰冷的豆大雨点儿，也有可能相反——会有一股股温暖的细流落到甲板上。

　　"你害怕下雨？"阿尔卡猜道。

　　"我什么也不怕，"丝维塔摇摇头，"走吧！"

　　要想爬到上面——到阳光甲板上的话，需要走进客舱，从那个有着矮矮台阶的宽敞楼梯爬上去，或者不经过客舱，从露天的舷梯爬上去。

　　"我们要迟到了！"阿尔卡"哎呀"一声，猛地冲向舷梯。

　　她双手抓住栏杆，灵活地向上爬着。但到了第四层踏板时，她突然大叫一声，停了下来。

　　"你怎么了？"丝维塔吓了一跳。

　　"我的鞋跟！"阿尔卡呻吟着。

　　"坏了吗？"

　　"钩住了！"

　　丝维塔爬到一个踏板上去，向阿尔卡的脚俯下身去。

　　尖尖的鞋跟卡在了金属网上。

　　"把鞋子脱了！"丝维塔说。

　　阿尔卡抽出那只脚，冷得缩紧了脚趾。

"你真像猴子！"丝维塔扑哧一声笑了。

"为什么？"

"猴子可以把脚攥成拳头。"

"别笑啦！快想想办法！"

丝维塔更用力地抓住鞋子往外拽。

"不行吗？"阿尔卡开始哭诉，"我永远都是倒霉的那一个！"

"等一下，"丝维塔一边说，一边开始轻轻地摇晃鞋跟。

鞋跟好像松动了。

"你会把它弄坏的！"阿尔卡尖声叫道。

"弄坏就弄坏。"丝维塔咬牙切齿地说。

她又一次摇了摇鞋子，并向自己这边拽。只听见"咔嚓"一声，阿尔卡那尖尖的高跟鞋已经在丝维塔的手中了。

"好了！"丝维塔气喘吁吁地说，"把脚给我，我帮你穿上鞋。"

"谢谢。"

阿尔卡只穿着袜子，顺着踏板爬到上面。丝维塔用手帕擦了擦出汗的额头。从上面传来了音乐声和人们跳舞的脚步声。

"有人掉水里了！"不知是谁用尖细而绝望的声音喊道。

音乐停止了，丝维塔也愣住了。那喊声又重复了一次。几秒钟之后，轮船上的警钟重重地被敲响，打破了沉寂。

"妈呀！"阿尔卡低声惊呼，飞速往下面跑去。

"那儿怎么了？"丝维塔轻声问道。

"不知道！"

眼前飞快地跑过一个穿海魂衫的小伙子。

"你们在这儿干什么？"他边跑边扯着嗓子喊，"快回到船舱里去！"

丝维塔抓着阿尔卡风衣的袖子，把她拉到了门口。

阿尔卡没能一下子把钥匙伸进锁眼儿。她的手指颤抖着，钥匙把闪亮的锁板都划破了。

"钥匙给我！"丝维塔说。

阿尔卡摆了摆手，最终还是把门打开了。

在房间里，她俩紧盯着窗户。甲板上谁也没有出现。水上闪着模糊的灯光，但很快灯光又消失了，水面和夜晚的黑暗融为一体。

"你听见，刚刚那人叫什么了吗？"丝维塔问。

阿尔卡点点头：

"有人掉水里了。"

"太可怕了！"丝维塔紧张不安地喘着气。

"是啊！你觉得他是摔下来的还是故意跳下来的？"

"为什么要跳下来？"丝维塔不明白，"喝醉了，还是怎么的？"

阿尔卡否定地摇摇头，瑟缩了一下，双手抱住了肩膀。

"万一这个人就是写字条的那个人呢？"她小声道，"因为我而跳的？"

"什么意思？"丝维塔跳了起来。

阿尔卡低下头，飞快地说道："喏，我被卡在踏板上了，没能在十二点到阳光甲板。而字条上写着：'不来的话，你就永远不会见到我了。'我没有出现，所以他就决定……跳下去……"

丝维塔坚定地摇了摇头。

"阿尔卡，这根本不可能！你说的这简直是精神病了！"

"是精神病！"阿尔卡附和道，"可你怎么知道，写字条的人是个正常人？"

丝维塔皱了皱眉：阿尔卡编故事编得来劲儿了！

"阿尔卡，也许这根本不是给你的字条呢！喏，你甚至都不知道在什么地方踩到了它。这可能是给任何一个人的。"

"是吗？"阿尔卡闷闷不乐地哼了一声，掏出已经将平了的字条，"那你看见这个了吗？"

丝维塔接过字条，发现其中一面写着她之前读过的文字，而另一面……另一面用黑色中性笔写着"给亚历山德拉·纳扎罗娃"。

"你只是没注意到，"阿尔卡解释道，"我也不是一下子就看到的。"

"那你为什么不说呢？"

"为什么……"阿尔卡嘟囔着，痛苦地皱起眉头，"还没来得及说。"

丝维塔明白，阿尔卡是在撒谎，而且这个谎撒得如此拙劣，甚至连她自己都不指望丝维塔会相信。难道说一下这事儿需要很多时间吗？

第五章

房间里很凉快。

"把空调关了。"阿尔卡说。

她坐在沙发床上，盘腿坐着，使劲儿地按着电话上的按钮。丝维塔看了看姐姐，想要弄明白，到底是什么让自己觉得奇怪？阿尔卡还是那个阿尔卡，她还是在玩儿手机，可为什么这次就显得和往常不一样了呢？

还是只是因为一夜没睡，自己的脑子里才充满了不安的念头？

丝维塔推上了开关，空调发出"哼哼"的声音，一股冷气最后一次向她袭来，然后停下了。

"谢谢。"阿尔卡含糊地说。

"你在给谁打电话？"丝维塔坐到姐姐的对面，问道。

"你来打打试试，"阿尔卡发牢骚，"这儿都没信号。"

丝维塔向窗外望了望。蓝色的甲板表面，白色的围栏支柱，灰蓝色的湖水和地平线一样高。

"瓦拉姆岛①上会有信号的，"丝维塔说，"而这里，在拉多加湖②上，你还想要怎么样？"

---

① 瓦拉姆岛是拉多加湖中的一个孤立的小岛。

② 拉多加湖，古时称涅瓦湖，在俄罗斯欧洲部分西北部。

阿尔卡把手机放到桌子上，揉了揉眼睛。

"我们为什么要这么早起床？离吃早饭还有一个半小时呢。"丝维塔叹了口气。

她不明白，为什么阿尔卡要提这些她们俩都明明知道答案的问题。六点不到就起床，是因为根本就不可能睡觉。经过昨夜的事儿，不管是她还是阿尔卡都不能真正睡着。她们在各自的床上翻来覆去，唉声叹气，不时地偷偷看一下手机屏幕——看是不是还有很久才天亮。还有这雷声！从凌晨一点开始打雷，直到快三点才平息。这就是她们这么早起床的原因。

桌上的手机振动了一下，铃声也叮当响了一下。

"你不是说没有网络吗？"阿尔卡嘿嘿一笑，拿起了手机，"可是短信发过去了。"

"在早上六点？谁发来的？"丝维塔很惊讶。

"不是谁发来的，而是给谁发，"阿尔卡纠正道，"是我发的短信。"

"那是给谁呢？"丝维塔顺着她的话问道。

阿尔卡的眼睛炯炯发光，然后神经质地大笑起来。

"对你来说有什么区别呢？舍不得电话？拿去！"

　　说着她就把银白色的手机扔到了丝维塔的床上。丝维塔哆嗦了一下，看了看陷在被子褶皱里的手机，突然明白为什么阿尔卡拿着手机的时候她觉得怪怪的了。这是丝维塔的手机，不是阿尔卡的。

　　"你用我的手机发短信？"丝维塔不高兴地问。

　　"是用了你的手机。"

　　阿尔卡挑衅地挺起下巴。

　　"那又怎么了？"

　　"你给谁发了短信？"

　　"这是我的小秘密！"阿尔卡说着，又笑了起来。

　　笑声并不响亮，而且很快就停了。

　　丝维塔从被子里拿出手机，用颤抖的手指打开菜单，"已发短信"文件夹是空的。

　　丝维塔把手机用力一扔，手机撞到墙上，然后掉到了地上。

　　"你到底给谁发了短信？"丝维塔问道，她的声音很响，好像马上就要失控了。

　　阿尔卡懒洋洋地伸了个懒腰，打了个大大的呵欠。

　　"你不要急躁嘛！"过了一分钟后她说，"短信我是发给妈妈的。给妈—妈！我 SIM 卡里的钱用完了。没什么可眨眼睛的——你的眼睫毛扇动得都快飞起来了！你也不希望我妈妈担心，对吧？”

最后一句话她说得谄媚而小声，还朝丝维塔眨了眨眼睛。

“对！”丝维塔挑衅地回答，把手机从地上捡了起来。

“那就行了！”阿尔卡总结道，在床上伸了伸腿。

丝维塔沉默了。她非常希望，她们之间的误会能真正地到此结束。要是阿尔卡说的是实话……要是她没有一次又一次地暗示，丝维塔永远地对不起她……要是她能不再歇斯底里地笑和富有深意地眨眼睛，那该多好。只是看起来，阿尔卡并不打算要停止。

果汁实在太甜了，丝维塔皱了皱眉头，推开了杯子。

“你不想喝？”阿尔卡用叉子挖了一块煎蛋饼，“我的能喝光。”

“你的是橙味的，”丝维塔点了点头，“那个可能正常些，而我这个‘混合果味’，简直就是糖浆！”

“我可提醒过你！”阿尔卡幸灾乐祸地拉长了声音，“我提醒过你！可你从来都不听。这个燕麦片粥最好也别喝，会把整个嘴巴都磨破的。”

丝维塔舀起一勺稀粥，尝了尝。

“好像还可以。”

“那就是说，奇迹发生了！”阿尔卡扑哧一声笑了，“昨天这粥完全喝不下去。不过这儿真是有接连不断的奇迹。”

“你这是说什么呢？”丝维塔警觉起来。

阿尔卡喝完了果汁，冻得蜷缩了一下。

“你没猜出来？我以为，经过了昨天发生的事儿，所有人都应该只说这个。可人们正常吃吃喝喝，好像什么也没发生似的。”

丝维塔环视餐厅四周。周围的餐桌上大家都在懒洋洋地吃早饭，没有人在挤眉弄眼，也没有人在匆忙地交流令人担忧的新闻。丝维塔知道，那些有话要说的人们会是什么样子的：他们会窃窃私语，不时地偷偷看看两边，还舔着因好奇而发干的嘴唇。

唯一看起来不是很冷静的，就是丝维塔昨天看见的那个卷发女人了。她的脸上和脖子上有些红色的斑点，卷发朝各个方向散着，好像她忘了梳头一样。女人在喂儿子喝酸奶。饭桌上还有一个大一点的男孩坐在他们旁边，他和妈妈一样头发卷卷的，也和弟弟一样鼻子翘翘的。他对什么食物都不感兴趣。看起来，大儿子根本不打算吃早饭。他盘子里的粥已经冷了，可他从托盘上拿来一张又一张的纸巾，把它们折成小船。他旁边已经有两艘帆船和一艘轮船了。

但妈妈还顾不上管他，因为小儿子正在抽抽噎噎地哭着，希望周围的汽笛声停下来，希望酸奶是樱桃味儿的，而不只是奶味儿的。

"调皮鬼，那汽笛声是发动机在叫呢，"卷发的妈妈温柔地解释道，"它们可不能关上，要不然轮船就要停了。还有，你不能喝樱桃味儿的酸奶，你对那个过敏！就喝这个吧。"

"我这儿没人要发言①！"小儿子摇摇头，"小熊也想要樱桃味儿的。"

妈妈又往小儿子的嘴里塞了一勺，然后终于看了大儿子一眼。

"你怎么回事？是不是想要气死我？昨天你在整船人面前丢脸，今天还这样……这下人们会怎么看我？"

她无望地挥了挥手，又转向小儿子了。

"小熊想要樱桃味儿的！"小儿子固执地强调。

---

① 俄语中"产生过敏"和"发言"是同一个动词。

"小熊什么也不想要，"丝维塔嘟哝道，"它是画出来的。"

阿尔卡嘿嘿笑了。

"你去，跟他解释一下，"她挖苦地提议道，"他妈妈真要跟你说谢谢呢！终于有人让他儿子知道真相了！你就喜欢做这种事儿。去告诉小男孩吧，他的小熊不可能喜欢酸奶，因为它根本不是活的。"

丝维塔感觉到自己脸红了。

"你为什么要这样？"她小声问道。

"什么为什么？"阿尔卡气势汹汹地问，"为什么说实话？当然咯，只有你才能说实话。不开心，是吧？那当你说别人闲话的时候，会想到别人开不开心吗？"

阿尔卡爆发了，像一根待燃的火柴。马上火柴就要在火柴盒上划过，由细小的木条变成耀眼燃烧的火花，过完它短暂而炫目的一生。可能再等一分钟，两分钟，一天，一个星期……她好像已经习惯并安于这种等待。但火柴盒越靠近，每一秒等待的时间就变得越漫长、越难以忍受，而且这根火柴会燃得比世界上所有火柴都要旺。

丝维塔低下了头。

"你有没有想过，我妈妈知道瓦列尔卡的事儿之后，会把我怎么样？"阿尔卡用响亮的声音喊道，"想过吗？"

阿尔卡像发烧一样脸色通红，嘴唇上方甚至渗出了汗珠。

"可你妈妈什么也没做呀。"丝维塔小声说着，双手遮住了脸颊。

"啊哈！"

阿尔卡猛地点了点头，动作剧烈得连她头上的发夹都松开，掉到了地上。她浅色的头发瞬间散到了肩上，使阿尔卡看上去就像美人鱼。

"你把这叫做——什么也没做？把我和你打发到船上，而她自己在那儿……"

"她自己干什么？"丝维塔问道，她吸气时呛住了，所以嗓音嘶哑。

"你还不懂？她这么做，就是让我和瓦列尔卡再也不要见面了。"

丝维塔用力地把卡在喉咙里的空气咳了出来。

"阿尔卡，我不能不告诉她。你是我表姐，而瓦列尔卡……"

阿尔卡把头发放到背后，紧紧地交叉着双臂。

"说完呗，既然都开始说了。"

"瓦列尔卡——人不好。明白吗？"

"你只是在嫉妒我们！"阿尔卡缓慢地说出这几个字，"就是这样！行了，都过去了。我在出发之前就已经原谅你了。"

她对丝维塔勉强笑了一下，立刻钻到桌子底下，把发夹捡了起来。

丝维塔用勺子在冷了的燕麦片粥里面搅和着，警惕地看了看四周。没有，没有人注意到她们短暂的谈话。丝维塔长出了一口气，舀了一勺粥。

但已经完全不想吃了。

第六章

丝维塔转过身。她来时走的小路已经淹没在茂密的云杉树枝中了。

丝维塔又走了几步，停了下来。她的面前是一小片林中空地。她脚下是割过的草坪，四周是高高的树，中间有一块长满青苔的漂砾。漂砾表面很光滑，上面撒满了发黄的针叶。丝维塔摸了摸灰绿色的粗糙的石头侧面，小心翼翼地径直坐在了针叶层上。她以为针叶会透过薄薄的裙子刺痛她，但结果她根本没感觉到它们的存在。

丝维塔更深地吸了一口气，闭上了眼睛。空气中充满了干草和松树的味道。她想哭，但决定忍住，坚决不哭。是的，她的腿又开始疼了，就在这个不合适的时间，在探访瓦拉姆岛的隐修院的旅程刚刚开始、团队刚走了一里路的时候。是的，这太令人伤心了。丝维塔跟在欢乐的人群后面穿着运动鞋慢慢走着，尽量不显得一瘸一拐。而阿尔卡则穿着尖头高跟鞋轻盈地移动着，一会儿赶上导游，一会儿又回到丝维塔身边催她快点，嘴里唠唠叨叨的，不明白妹妹为什么总是落在后面。最终，实在撑不住的丝维塔屈服了，她让阿尔卡跟着团队走，她自己留下。

"怎么能这样？"阿尔卡生气了，"你什么意思，要一个人在林中漫步？"

"我不在林子里走，"丝维塔解释道，"我只是要回到船上去。"

"为什么？"

"我需要回去。非常需要。"

阿尔卡睁圆了眼睛。

"到底为什么需要？"

也许，要是没有早饭时的对话，丝维塔会说实话的，可现在……丝维塔现在几乎是个残疾人，可这情况阿尔卡知道了也没用。一般来说只有最亲近的人才可能同情丝维塔。既然阿尔卡直到现在都把丝维塔看成是敌人一样，那么把自己的不幸告诉她也没有意义了。为什么要告诉她？难道为了让她在特定情况下挖苦自己？

"我要打电话，可我把手机忘在房间里了。"丝维塔从牙缝里慢吞吞地挤出来这句话。

她不喜欢撒谎，也撒得很不像，也许是因为经验不足。

"打给谁？"

"同班同学。"

"你同学一会儿会给你打电话的。"

"不，她今天就要和爸妈坐飞机去西班牙了，要去一个月呢。"

阿尔卡怀疑地看了看妹妹。

"祝她一路平安对你来说就这么重要吗？"

"是的，很重要！"丝维塔点点头，"她是我最好的朋友。"

"就是那个伊尔卡？"阿尔卡哼了一声，"得了吧！"

"不是伊尔卡，是伊莉什卡。"丝维塔纠正道。

阿尔卡认识伊莉什卡·奥利尚斯卡娅，但不喜欢她。丝维塔觉得，阿尔卡只是在妒忌，妒忌伊莉什卡的父母能够给自己和女儿提供阿尔卡无法想象的东西。

"那你不会迷路吧？"阿尔卡表示了一下关心，她突然想起来，自己不管怎么说还是当姐姐的。

丝维塔生气地抽动了一下肩膀：

"在哪儿迷路？我们一直都沿着大路走的，拐了两次弯。而且我有地图。"

"怎么，你对旅行完全不感兴趣吗？和伊尔卡闲聊对你来说更有趣？"阿尔卡还是不想丢下她一个人。

"嗯，"丝维塔点点头，感觉自己的腿像是在火里烤一样。"你走吧，我回去了。"

"那你留点神。"

阿尔卡耸耸肩，跑去追赶大部队了。

而已经忍不住疼痛的丝维塔，则骄傲地独自一人一瘸一拐地走在路上。没力气回到船上了，她决定在第一个路口转弯，找一个幽静的角落休息一下。更准确地说，是让不幸的腿休息一下。

丝维塔坐的漂砾毕竟不是最适合休息的地方，它不太平整，而且又湿又冷。丝维塔伸直了剧痛的腿，然后弯曲了膝盖，又再次伸直。疼痛先因为这些动作而加剧，但随后就缓和了一些并慢慢减弱了。丝维塔想，过几分钟就能站起来，慢慢地回到码头了。

树后面传来不知谁的脚步声和说话声。丝维塔从包里拿出手机，飞快地开始按键。让那些现在来到空地上的人以为她是躲开了其他人，准备要给谁打电话吧。一个女孩独自坐在空地上、坐在旅行团走的路的另一边讲电话，这太容易理解了，没什么可惊讶的。而如果她就这么坐着，立即会引起注意。人们会开始问她，是不是迷路啦？需不需要什么帮助？

但丝维塔清楚地记得路,不需要任何人的帮助。

当空地上来人的时候,丝维塔快速地朝他们的方向望了一眼,又开始低头看手机。她认出了那个卷发的妈妈和她的两个儿子——穿着小熊 T 恤的弟弟和鼻子翘翘的爱折纸船的哥哥。妈妈牵着小儿子的手,孩子摇晃着头,低声哼着歌。大儿子走在旁边,闷闷不乐地望着脚下。

"弗拉季克,"妈妈说得很大声,好像马上就要喊叫起来,"你应该解释清楚,为什么要这么做!知道吗?应该解释!否则我……"

"妈妈,我不能跟你说,这是秘密。"弗拉季克忧伤地回答。

"啊,秘密!"女人生气了,"可你知不知道,因为你的秘密我们有可能被送上法庭?或者要交很大的一笔罚款?"

"妈妈,可我们并没有被罚呀!也没有被送到法庭上。船长说了……"

"大人间的谈话没什么可偷听的!"妈妈粗暴地打断儿子,"不管怎么样,你得跟我解释清楚!要不然我不知道该拿你怎么办了。我……我马上给你爸打电话。"

鼻子翘翘的弗拉季克叹了口气,停了下来。也许,给爸爸打电话对他来说是足够严重的威胁，比罚款或者法院都要严重。

"妈妈，我是因为我的朋友才这么做的。"

"什么？哪个朋友？一个理智的人为什么会这么做？你的朋友精神不正常吧？"

弗拉季克更重地叹了口气，但没有回答问题。可小儿子不再哼歌，他兴奋地跳了起来。

"妈妈，"他叫道，"我认识这个朋友！"

"你，"弗拉季克用失去控制的声音嘟囔道，"小叛徒！"

"我不小！"弟弟骄傲地回答，"我也不是叛徒。我答应过的，什么都不会说的，不管对谁。"

"你们俩想气死我啊！"妈妈发火了。

"不是这样的！"兄弟俩异口同声地叫道。

说着三个人就离开了这块空地。

丝维塔把手机收了起来。其实她根本不必做这些，根本没有人看她一眼。只有小男孩在消失在大树后面之前腼腆地对她微笑了一下，好像对熟人那样挥了挥手。

腿疼好像已经过去了，但丝维塔不想回到船上。离午饭时间还早着呢，可以一个人坐一会儿，想想事情。

真有意思，鼻子翘翘的弗拉季克到底干了什么"坏事"，让他妈妈这么害怕呢？小弟弟好样的，的确不是叛徒。但是……有时候真的很难说清，当你把一个人的秘密说出来的时候，你是在背叛他还是在拯救他？丝维塔觉得，自己是拯救了阿尔卡……可阿尔卡却坚定地认为，丝维塔背叛了她。可是，难道在经过了那些事情之后，丝维塔还能够保持沉默吗？对，就是在经过了她自己亲身经历的事情之后。那件事已经过去多久了？半年，还是更久一点？

第七章

　　"我爱你"这几个字丝维塔读了一遍又一遍。尽管这只是瓦列尔卡 VK^① 主页上的状态，尽管任何一个朋友都可以看见这句话，尽管瓦列尔卡认识的每个女孩都可以认为，瓦列尔卡爱的是自己！可丝维塔知道，瓦列尔卡是为她写的这句话，只为她一个人，因为其他情况根本不可能。要知道，他昨天说了："明天你就全知道了……"明天就这样到来了。

　　寒冷的十二月的阳光透过半透明的窗帘照射着窗户，薄薄的云层艰难地穿过潮湿的雾气，丝维塔却觉得阳光是晴朗而滚烫的。一大早就布满乌云的天空，突然变得碧蓝碧蓝的。甚至连单元门的遮雨板上脏兮兮的雪也有些融化了，像水晶和银子一样在阳光下闪烁发光，变幻出各种颜色。

　　她全明白了。这用标准细铅字印出来的短短一句话，对她来说已经足够。丝维塔闭上眼睛，想象着瓦列尔卡坐在电脑前，用一根手指一个字母一个字母地慢慢打出这句话的样子。而正是由这些最平常不过的字母组成的一句话，让丝维塔晕头转向。她的嘴唇自然而然地咧开笑了，心里面也变得暖洋洋的，还有一点点疼。

---

① VK，俄罗斯社交网络的名称，类似于中国的人人网、美国的 Facebook。

现在她一切都知道了。准确地说，是知道了最主要的，所以剩下的一切都没有意义了。剩下的一切她都可以不管，剩下的一切都算什么呢！

尽管一星期以前——哪是一星期，就昨天这件事还让她急得要发疯呢。

因为当你在这世上最喜欢的男生表现得很奇怪的时候，你很难保持平静。他时而消失好几天，连学也不上；时而给自己打电话，死乞白赖地要来做客可最后又不来；时而在笔记本上写写画画，但从来都不给她看。

这些都还好。更糟糕的是，伊莉什卡·奥利尚斯卡娅告诉丝维塔，当她穿着新裙子上学的时候，瓦列尔卡是怎么看她的，（"她"当然指的是伊莉什卡，）或者是怎么看隔壁班的纳思佳·佐托娃的。那个女孩最长的裙子都在膝盖上面20厘米，睫毛总画得像假的，嘴巴总是因为涂了洗不掉的"超级口红"而通红、闪亮。

一开始丝维塔根本不相信，她心想：这都是捕风捉影，只是伊莉什卡自己的感觉。可之后她开始观察瓦列尔卡，发现的确是这样。他确实看其他女生的眼神就和看她一样，而且不只是看，有时候还会送她们走。甚至在三八妇女节他还送了佐托娃含羞草。含羞草几乎都干了，碎成了黄色的球球，而且完全没有香味了。但尽管如此，在女孩子之间还是产生了那么多议论！

而丝维塔呢，瓦列尔卡那天却什么也没送。她以为，他是不好意思，不管怎么说他是隔壁班的同学。而送给佐托娃有什么不好意思的呢？第一，她是同班同学；第二，她是如此的……大胆开放。

丝维塔不止一次注意到，男生们对于大胆开放的女生给予的注意力比对一般人多得多。但这可以理解。和她们在一起打发时间既轻松又愉快，或者说很容易。而和丝维塔在一起不容易，这她自己也知道。跟她在一起，找共同语言很困难，需要很长时间。还需要选择说话的主题，要注意用词，以免不小心说了什么粗话。

但毕竟，最终瓦列尔卡还是走近了她，成了她的朋友。准确地说，在班上大家都觉得他们是朋友，但事实上，他们之间完全是另外一种关系。只不过这一点，大家谁都没有猜到。甚至连丝维塔有时候也怀疑，万一这一切都只是她自己想象出来的呢？

也许，如果去年的那天晚上，丝维塔没有在车站滞留，他们之间什么特别的关系也不会有。当时，她从奶奶那儿回家去。那是十一月底，天气又干又冷，还刮着风。丝维塔冻坏了，脚趾冻得麻木，双手也冻得通红，就像鹅掌一样。她一会儿双手抱着自己的肩膀，一会儿在原地轻轻地蹦蹦跳跳，眼睛看着站在旁边的人们：会不会有人想，这个女孩冷得已经发疯了？但没有一个人注意到她，所有人都盯着那个公交车应该出现的路口。

四十分钟后，一辆破旧的公交车向站台驶来。人们闪电般地冲了过去，要知道公交车已经几乎满了。丝维塔也和大家一起猛地冲了出去。有人重重地用手肘撞她的肋骨，有人拉她的包，有人踩她的脚。一开始她还没注意，只是有点惊奇，为什么听到了某种奇怪的断裂声。但很快她就感觉到，本来就冻僵了的脚掌感觉更冷了。

丝维塔低下头，看看靴子怎么了。就这么耽误了一下，她就被挤得离公交车更远了。靴子糟透了——从脚尖到脚掌一半的地方，鞋底全掉了。

公交车门"吱"地关上了。两扇门之间的缝隙里夹着一条不知是谁的红围巾，好像信号旗一样。塞满了乘客的公交车猛地开动起来，把水洼里的脏水溅到车站上，然后迅速开走了。

只剩下了丝维塔一个人。她看了看远去的公交车，又看了看自己的靴子以及空荡荡的、黑暗的街道，哭了起来。

因为哭了，加上对散了架的靴子很生气，丝维塔甚至感觉变热了。眼泪顺着脸往下流，她就用毛线手套擦了擦眼泪。她脸颊通红，眼睛感到刺痛，几乎什么也看不见，什么也听不见了。

但不管怎么样，丝维塔还是注意到了某些东西。从对面房子的拱门里走出来一个人。在路灯的昏暗灯光下映出了他平整的背影，就像从一张黑纸中剪裁下来的。丝维塔全神贯注地观察着，看着他走到马路上，跑着过了街，向车站转过弯来。

丝维塔害怕起来了。她止住了哭泣，一动不动地站在那里，希望自己能和车站或者和路灯的柱子融为一体，让那人看不见她才好。

但是，从拱门中走出来的人当然看见丝维塔了。不仅是看见了，而且径直向她走来。他走近了，拨开额头上长长的黑色刘海，略带沙哑地说：

"你好！"

丝维塔感觉一阵热浪涌来。因为一听到声音，她就认出了来到车站的人是谁。这就是瓦列尔卡·列谢特尼科夫。

丝维塔已经认识他一百年了。准确地说，她是从一年级就认识他了，但只是认识脸和名字。他们甚至一次都没有说过话。也许，要不是瓦列尔卡在庆祝教师节的音乐会上表演过吉他弹唱，她连他的名字也不会记得。丝维塔记住了，是因为她当时坐在第一排。她听着他微微沙哑的声音，看着他的牛仔裤和粗针织的毛衣，看着他那双旧了但刷得干干净净的皮鞋，可就是没法儿抬眼往上看。她开始有一种奇怪的感觉，好像自己跟瓦列尔卡已经是相识很久的老朋友，他对于她的一切都了解。这些想法是从哪儿来的，丝维塔也不知道，但她无比希望自己的幻想都变成现实。

尽管如此，她还是抬了一次眼睛，而且与瓦列尔卡的目光相遇了。他的眼睛是深灰色的，同时闪着笑意和忧郁。这怎么可能呢？丝维塔也没法儿给自己解释，但她就是这么觉得。瓦列尔卡看了她一分钟或者不到一分钟，然后脸上洋溢起灿烂的笑容，在吉他上弹出了一段独奏，让整个观众厅都开始疯狂地鼓掌、吹口哨、跺脚。

这就是曾经发生的一切了。而现在，丝维塔穿着掉了鞋底的靴子，沉默地看着瓦列尔卡。

"等了很久了？"他微笑着问道。

"很久了。"丝维塔抱怨道，"公交车刚刚走了，只有我没挤上去。"

"只剩下你一个？"瓦列尔卡很惊讶。

"我差一点就挤上去了，"丝维塔开始解释起来，但最后变得语无伦次，"我最开始和大家一起往车门跑，后来我就落到后面了。"

"为什么落到后面了呢？你也知道，我们这儿是没有空的公交车的。还是你决定了要打车？"

丝维塔沉默着摇了摇头。

瓦列尔卡看了看表。

"也许，可以走路回去？"他提议。

"我走不了路。"

瓦列尔卡好奇地看了看她。

"你没坐上公交车，打车太贵了，走路你又不行，"瓦列尔卡列举道，然后狡猾地眯缝起眼睛。"啊，我明白了！你是要在这儿过夜？"

他的讽刺让丝维塔觉得如此难过，以至于她再次哽咽起来。

"你怎么了？"瓦列尔卡被吓到了，"哭了？发生了什么事儿？"

"靴子，"丝维塔闪着泪光喃喃地说，指了指掉了一半的鞋底。

瓦列尔卡若有所思地摸了摸头，然后把手伸进口袋。

"套上。"他说。

丝维塔噙着眼泪看了看他。瓦列尔卡递给她一根黑色的橡皮筋。

"套在靴子上吧。还是能走回家的。"他解释道，"脚肯定要浸湿了，但不管怎么样都要比赤脚好些。"

在瓦列尔卡面前显得如此怪异，这让丝维塔羞愧地愣住了。她看着瓦列尔卡，仿佛石化了一般，动都动不了。

于是瓦列尔卡蹲了下来，飞快地把皮筋绑在丝维塔的靴子上。丝维塔不得不只用一只脚站着。

"看！"瓦列尔卡叫道，在手帕上擦了擦手，"好了！"

"谢谢。"

"不用客气，我也遇到过这样的事儿，"瓦列尔卡安慰她说，"当时走起路来像个鼓手似的。"

　　"为什么像鼓手？"丝维塔没明白。

　　瓦列尔卡撩开掉到眼睛上的刘海，坦率地压低了嗓子解释道："当时鞋底在柏油马路上发出噼啪声，整条街都能听见。"

　　丝维塔又一次感觉到，他们已经认识很久了，瓦列尔卡知道关于她的一切。她想告诉他，但黑暗中突然出现了一辆公交车。

　　"坐吗？"瓦列尔卡问道，还没等丝维塔回答，他就拉着她的手往车前门走去。

　　丝维塔的手一下子变得滚热滚热的，她怕瓦列尔卡能够隔着手套感觉到这一点。

　　即使是现在，即使已经过去几个月了，每次想到那个晚上，丝维塔都会脸红并不自觉地微笑起来。难道这真的发生过？丝维塔摆了摆头，想把这些愚蠢的、没用的念头都赶走。

　　"你好！"

　　声音从后面突然传来，丝维塔被吓了一跳，差点没从石头上摔下去。

"别害怕！"

丝维塔从石头上跳到地上，转过身去。

她面前站着的是那个鼻子翘翘的纸船爱好者。

"我们需要谈一谈！"他非常严肃地说，"好像大事不妙了！"

第八章

尼卡自己都不相信，他终于上岸了。双脚在潮湿的石头上劈开，手臂剧烈地颤抖，眼睛除了厚密的雨幕之外几乎什么也看不见。

快艇上的小伙子（尼卡现在从近处看清了他，这才发现人家还很年轻）正忙着用锁把尼卡的摩托艇固定在纵码头①上。

尼卡摇摇晃晃地朝他走去。

"我帮您？"

"我能搞定。"小伙子回答道，并没有转身。

"我想说的是，"尼卡含糊不清地咕哝道，"谢谢您。"

小伙子从锁里拔出钥匙，站直了身子。他穿着渔夫的鞋套和带尖风帽的大衣，手里拿着一串钥匙。尼卡觉得他就像是某个灾难片中的男主角，出现在那些惊慌失措的平民百姓之中，满怀信心地把他们从各种艰难险阻中解救出来，带到安全的地方。这不，他解救了尼卡。准确地说，是用缆绳把他的船拖到了岸上。

---

① 纵码头，突出于港湾水面、两边均可系泊船只的码头水工构筑物。通
　常沿岸边成排地筑成"梳子"状。

"不客气！"小伙子皱着眉头说道。

完全就像是电影里的男主角。的确，电影里被救的人里面一定有美丽的女人，有无助的老人，还有调皮的孩子，他们什么都不懂，只会因为恐惧而瞪大眼睛。而这里只有尼卡。

"你叫什么名字？"小伙子问。

"尼卡。"他回答道，差点没咬着舌头。

小伙子哼了一声。

"我那时候更多人喜欢叫科里亚和米沙。而你们现在呢，叫尼克、麦克、杰克。我们以前，对不起，只会给狗起这样的名字。不过，这是你们自己的事儿。"

"不是的，"尼卡开始辩解，"只是俱乐部的朋友这么叫我。其实我叫……"

老实说，他甚至为小伙子没有听清他说的最后一个字母而高兴。如果小伙子认为"尼克"都是狗的名字，那么对于"尼卡"这个女孩名他会说什么呢？

"行了，尼克就尼克吧。我叫伊戈尔。"

他对尼卡伸出手。尼卡把手掌在夹克上擦了擦（尽管夹克已经湿透了），然后伸了出去。

"尼克，是这样的，"伊戈尔说，"你得在这儿过夜了。

明早我们再好好看看你的摩托艇的问题。"

"您认为，它是坏了吗？"

"谁知道它呢？到时候看看吧。"

雨停了。隆隆的雷声从远处传来。现在这声音只能勉强听到，而且已经完全没危险了，不像之前在湖上的那种雷声。尼卡想起自己坐在摩托艇上瑟缩成一团的样子。如果不是伊戈尔，他一定没法摆脱这困境。

"走吧。"伊戈尔说，头也不回地开始沿着布满石头的小道向上爬。

尼卡赶紧跟上。在几乎完全黑暗的环境里往上爬是很难的。尼卡抓住了一些坚硬的茎，脚下打滑，艰难地呼吸着。但伊戈尔没有回头看，也没有停下来，尼卡害怕他越走越远，消失在视野之中。而且不管怎么说落在后面就是挺丢人的，难道他还是小孩子——需要别人牵着手走吗？

到了最上面，尼卡长舒了一口气。他感觉，自己像是爬上了一座高山。

伊戈尔终于还是回头了。

"你还活着吗？"

"为什么不呢？"尼卡回答，他努力地让自己不像机车似的喘粗气儿。

"已经很近了。"伊戈尔安慰道。

看起来，他注意到了尼卡已经累得气喘吁吁，所以声音里并没有嘲讽。

"离什么很近了？"尼卡问道。

"我家。"伊戈尔的回答很简单。

尼卡认真地点了点头，蹒跚地跟着伊戈尔继续沿着小道走。

尼卡头一沾着枕头就马上睡着了。他梦见了绿色的大海，长长的沙滩，还有水母和海鸥。海的上方是高高的天空。阳光反射在浪里，发出如此明亮耀眼的光芒，以至于眼睛会不由自主地闭上。尼卡试图睁开眼睛，但上眼皮好像和下眼皮粘在一起了。于是他喘了口气，决定直接在沙子上睡觉。在这个梦中他又梦见了海。

他没有听见，伊戈尔在屋里走来走去，提水桶的时候弄出响声，搬运柴火，把航海服挂在铁炉前。他甚至也没有听见，早上六点他的手机轻轻地响了，而且响了很久。

尼卡睁开了眼睛。他看见包了一层浅色薄板的天花板、小小的喇叭形三头吊灯和爪子短短的蜘蛛。蛛丝从角落里厚厚的蜘蛛网中延伸出来，蜘蛛在上面不时摇晃着。阳光照进窗户里，让蛛丝闪着银光。

尼卡不喜欢蜘蛛。不是害怕，而是不喜欢。可蜘蛛当然不知道这个，它正儿八经地爬到了床上。尼卡扔开被子，坐了起来。蜘蛛用毛茸茸的爪子碰了碰被子。

"去！"尼卡挥手赶它。

他知道，蜘蛛大概不会听他的，但话是脱口而出的。

"你在赶什么？"

伊戈尔往房间里看了一眼。他今天穿了一条旧牛仔裤和一件黑色的足球衫，眼神里带着嘲笑。

"绿矮人？"

"在赶蜘蛛。"尼卡有点生气地解释道。

"不要碰米奇卡，"伊戈尔用手指着吓唬尼卡，"它从春天开始就和我住在一起了。"

"我可没碰它，只是它爬到被子上来了。"尼卡辩解道。

事实上他很感兴趣，伊戈尔是怎么把米奇卡和其他蜘蛛区分开来的。

"没关系，它不会吃掉的，"伊戈尔嘿嘿一笑，"不会吃你也不会吃被子。"

然后就走出了房间。

尼卡看见，床边的地上放着踩烂了的拖鞋，椅子上是自己的牛仔裤、肥褂子和短袜。

他站起来，费劲地套上牛仔裤，尽量不去看米奇卡。裤子已经完全干了，但好像缩水了。尼卡勉强地把拉链拉上了。还好，短褂子和袜子的大小没有变化。尼卡穿好衣服，把脚伸进拖鞋里，往门口走去。

他来到了一条窄窄的小走廊上。墙上是挂着风衣、棉袄和旧夹克衫的挂衣架，衣架下面放着胶靴和大码的运动鞋。

小走廊通向另一扇没关严实的门。尼卡用手一推门，就走进了宽敞的厨房，或者说是房间里。这二者不太容易区分，因为这里有炉子，有带煤气罐的炉灶，有桌子，还有床。

伊戈尔正站在炉灶前，做煎蛋配小灌肠。尼卡的嘴里一下子充满了饥饿的口水，肚子也咕噜地叫起来。

"洗脸池在房子的前面，"伊戈尔头也不回地说，"毛巾在台阶上。我给你拿了条干净的。"

"谢谢！"尼卡点点头，就去洗脸了。

对于伊戈尔跟他说话时总是不看他，尼卡已经习惯了，而且几乎不会对那冷冰冰的讽刺腔调生气了。也许，伊戈尔就是这样的人。那又怎么样呢？每个人都是不一样的。

"我看了你的摩托艇，"吃完早饭，伊戈尔说道，"没什么大问题。螺旋桨完好无损，水草我弄掉了。你想现在开回家都行。对了，你要去哪儿呢？"

"我？"尼卡重复了一遍问题，陷入了沉思。

确实——去哪儿呢？把船开到列昂诺夫卡，把摩托艇放回原处，然后回城？就这样什么也没做成就回去？像以前那样生活，让自己鄙视自己？试图让自己忘记一切，最后转学去另外一个学校？还是……

"忘了？"伊戈尔略带挖苦地推测道。

"才不是呢，"尼卡激动地考虑着怎样才能更好地解释一分钟前自己在想的事情，正准备开始说，就有人敲门了。

伊戈尔走去开门，而尼卡就这样张大了嘴巴留在房间里。他听见了门扇的吱嘎声，还有伊戈尔不知为何变沙哑了的声音。

"你好，玛莎！"

看不见的玛莎回答了点儿什么，具体是什么尼卡没听清。

但她的嗓音又高又响。而且尼卡通过语调听出来，玛莎不知道为什么非常担心，而且好像马上就要哭起来了。最后，响亮的声音静止了，尼卡清楚地听见了大声的抽泣。

伊戈尔喃喃地说了些安慰的话，但抽泣并没有停止，反而变成了上气不接下气的号啕大哭。而且尼卡判断，玛莎重复的那些话像是在祈求什么。

"我要怎么办呢？"

伊戈尔飞快地跑进房间。他脸色苍白，好像变老了似的。

"我邻居的父亲失踪了，"他一边对尼卡说，一边迅速地往背囊里收拾东西。

"怎么会失踪呢？"尼卡惊慌失措地问道。

"昨晚开摩托艇走了，到现在都没回来。"

"给他手机打电话了吗？"

"湖上手机没有信号的。这里还凑合，湖上根本听不见。"伊戈尔心情阴郁地解释道，"我现在去他经常捕鱼的那个地方看看，如果找不到，就从大陆上叫警察来。"

"大陆？什么意思？"尼卡很惊讶。

"就是岛上。"

伊戈尔拉上背囊拉链，开始套上沼泽地用的高筒靴。

尼卡飞快地想了一下。

"我和你一起去!"他叫道。

伊戈尔用打量的目光看了他一眼,点了点头。

"收拾东西吧,你有五分钟时间。"

第九章

丝维塔吃惊地望着鼻子翘翘的弗拉季克。

"什么大事不妙了？你说谁？还有，你怎么认识我的？"

弗拉季克耸了耸肩。

"我不认识你。是他把你指给我看的。"

"他是谁？"

"我的朋友，尼卡。就是他遇到倒霉事儿了。"

丝维塔摇了摇头。

"等一下，"她说，"你可能搞错了。我不认识任何叫尼卡的人。"

现在轮到弗拉季克吃惊了。

"怎么会这样？不认识？"

"就是这样，"丝维塔垂下眼睛，"我根本就没有什么男生朋友。"

"那就是说，你只是不知道，"弗拉季克认真地说，"我也是这么以为的。而尼卡希望让你知道。"

"到底知道什么？"丝维塔忍不住了。

"知道你对他来说意义重大。"

丝维塔感觉到内心涌起一阵令人担忧的凉意，她慢慢地坐在收割过的草坪上。

"那请你把一切都讲给我听吧，按顺序慢慢说。"她说。

"好的，"弗拉季克点点头。"只不过我要从头开始说，否则你不会明白的。"

他在她旁边蹲下，开始讲述，好像在说故事一样。

弗拉季克一直住在圣彼得堡。家里的房子本来建在空地上，后来在房子周围出现了其他的房屋、树木、儿童乐园、商店、学校。一开始，那儿只是耸立着堆积成山的建筑垃圾和混凝土围墙的残渣。当空地还没清理干净的时候，妈妈不让弗拉季克离开自己一步。的确，他一个人又能去哪儿呢？和邻居家的小朋友们玩儿——没地方；在那永远脏兮兮的马路上骑自行车——太危险；去买面包——太远了。就这样，他也习惯了总是跟妈妈在一起。的确，后来妈妈工作了两年，就把弗拉季克送到了幼儿园。可在幼儿园里弗拉季克过得很痛苦，总是在等妈妈接他回家。"你们的孩子真是恋家！"幼儿园老师这样抱怨道。

后来家里添了弟弟西姆卡。妈妈又把弗拉季克从幼儿园里接了回去，又能总是陪在他身边了。

弗拉季克去家门口的学校上学了，还成为一名好学生，只是他没找到朋友。

但一切都还是不错的，直到去年西姆卡生病了。他生了一种怪病：白天睡得很沉，晚上却要吃饭和玩儿。如果父母试图让他睡觉，他就开始大声痛哭以示抗议。

弗拉季克也几乎每夜都不睡觉。整个房子里开着灯，爸爸妈妈从这头到那头跑来跑去，加上西姆卡一直在哭，他难道能睡得着吗？夜里不睡觉，白天走路都瘫软无力，像踩在棉花上一样，什么也不想做。弗拉季克失去了食欲，甚至开始怕黑，这是从他小时候到现在从未有过的。

爸爸妈妈想了又想，一放暑假就把弗拉季克送到了奶奶那里。以前都是奶奶亲自到他们家来做客，帮忙给西姆卡"治病"，去商店买东西，收拾屋子，并嘟囔着，要是没有她，家里到处都要脏死了。

而现在是弗拉季克去奶奶家了。到那里并不是很远，坐两个小时电车就到了。原来，奶奶住在一幢五层楼里的一间公寓里。而且看起来，所有的邻居彼此之间都认识，孩子们也互相认识。他们一起在院子里玩儿，并没有一个大人专门照看孩子。

　　弗拉季克特别想和他们认识，但不知道该怎么做。走过去说"你们好"？他试过一次，但要么是他声音太小，要么是男孩子们不喜欢他，对于他说的话没有一个人哪怕回一下头。从那以后，他就只看着那些玩得兴致勃勃的男孩子们，然后从旁边走过去。

　　弗拉季克不好意思把这些告诉奶奶。所以每当奶奶让他去院子里和孩子们玩儿的时候，他都听话地点点头，然后出门。

　　但一个人坐在院子里又傻又无聊，于是弗拉季克开始观察最近的街道。他找到了儿童图书馆、玩具店和航空博物馆。他寻找这些东西只是为了知道它们在这里，要走进去弗拉季克是不敢的。万一被人赶出来或者根本没人理他，就像邻居家的孩子们对他那样呢？弗拉季克尤其渴望去博物馆，但是他根本没钱。问题在于，奶奶坚信：小孩子不需要钱。要钱干什么呢？弗拉季克不去商店，奶奶甚至连面包都自己去买。如果他想吃冰淇淋或者口香糖，那他可以跟奶奶要，她会给他买。的确，弗拉季克不好意思跟奶奶张口要，但奶奶并不知道这一点。难道博物馆可以免费进吗？弗拉季克觉得，肯定不可以。

有一次，他漫步在又长又窄的街道上，幻想着各种东西。比如说，要是能找到一个里面有钱的钱袋该多好，他就终于可以去博物馆了。或者，要是交个真正的朋友就好了，可以总在一起待着，彼此有困难时互相帮助。或者……他想了很多个"或者"。

弗拉季克想得如此入神，以至于没有注意到周围的任何事物，直到有人从后面抓住了他的衣领。

弗拉季克尖叫了一声，试图挣脱开来。可怎么挣脱得了！他被人紧紧地抓住，横着拦腰托起来，掳进一个黑暗的拱门里。

拱门后面有一个小小的院子，三面都是无孔不入的高高的围墙。一面墙上用特大的字体写着："卡吉卡是个傻瓜！"弗拉季克的眼睛盯着字看，因为那是唯一可以看着不害怕的东西。

他被放到了地上，甚至那人不再抓他的衣领了。可有什么用呢？他面前站着三个小伙子，他们身穿流浪汉的破衣服，脸色发灰，脸颊臃肿。眼睛也昏暗无神，好像根本不是活人的眼睛，而是塑料的。他们身后还有个人在走来走去，弗拉季克能清楚地听见背后沉重的呼吸声。在某个瞬间，他觉得不会有人有这样的脸。也就是说，类似的面部表情通常出现在恐怖片中。但要知道电影里的那些不是人！那是吸血鬼，或是僵尸，或是幽灵啊。

可是这里……在 21 世纪，在这个安静的小城里哪儿来的僵尸呢？

"钱、手表、手机！"那群人中最坏的一个明确地说道，"赶快！"

"我没有！"弗拉季克尖声叫道。

他的确什么也没有，除了衣服内口袋里的那部旧手机。

"要我们检查？"第二个"吸血鬼"哼了一声。

他一边说，一边动了下右嘴角，好像在啐一口吐沫。

"我没有说谎！"弗拉季克绝望地叫道。

他立即被扇了一记耳光，扇得他头脑里嗡嗡叫，眼前金星直冒。

"再叫，就把你闷死。"第一个人信誓旦旦地说。

弗拉季克不知道是他们中的哪一个人打的他。他感觉到，一股温热的血顺着脸颊流下来，可他却连抬起手来擦一擦都不行。他根本就动不了了，因为恐惧，因为极端的厌恶，还有完全的无助感。

"也就是说，什么都没有？"第二个人再次问道。

弗拉季克微微点了点头。

"那就不得不检查了！"

弗拉季克看见，他们向他伸来了脏兮兮的手——就像怪物的魔爪。他的耳边响起了悲戚的哀号，魔爪慢慢张开了。

这时，在后面重重地喘气的"僵尸"跑到了他的朋友们跟前。他又矮又胖，而且好像是他们中最年轻的。

"怎么，有条子？"第一个"僵尸"问。

说着他立即蜷缩起身子，好像一头准备好猛冲的野兽。

"好像是。"第二个人回答。

弗拉季克明白了，不是他脑海中出现了哀号声，而是从警车传来警笛声。只是警车在大街上行驶，而弗拉季克在小巷子里。

他不抱希望地听着，心想警车马上就要开过去了，这些"僵尸们"还将继续……

但警笛声没有停止。他没有靠近也没有远去，好像警车就停在了拱门旁边。

似乎，"僵尸们"也在想同样的问题。

"我们走吧？"第一个人若有所思地问。

这时候，小巷子里走进来一个十三岁左右的男孩。他头发黑亮，身穿牛仔夹克，背上背着书包。他走路很轻也很自信，好像这一群"僵尸"根本没把他吓到。

"听着，小子！"第一个"僵尸"对他喊道，"条子在那儿站着吗？"

"什么？"男孩又问了一遍，好像没听清问题。

与此同时，他天不怕地不怕地向他们走来。

"我说，条子站着吗？"

"没有，"男孩摇摇头。"他们没有站着。他们从汽车里走出来，围绕着拱门来回转呢。大概是接到了报警，正在找地址。"

他说得又慢又平静，同时在慢慢地向他们走近。

"我们走。"第一个"僵尸"点点头。

"拿这个小孩儿怎么办？"胖子朝弗拉季克点了点头，"他会供出我们的。"

第一个"僵尸"陷入了沉思。看得出来，他想得很艰难，甚至遮住了自己的眼睛。

弗拉季克睁大了眼睛，一会儿看看这些折磨自己的人，一会儿看看那个男孩，但他一动也不敢动。男孩和他的眼神对上了，突然……

弗拉季克全明白了。或者说不完全明白，但当那个男孩飞快地抓住他的手，用嘴型说"快跑"并拽着他跑向那救命的拱门时，弗拉季克几乎没有惊讶。

"去哪儿？""僵尸们"在后面恶狠狠地低声追问。

也许，因为警察在附近他们不敢放开声音大叫，也不敢去追。

弗拉季克一生中从未跑过这么快。他觉得，再跑快一点儿，他的双腿就要离开地面飞起来了。

两个孩子飞快地跑过拱门，飞奔到完全空荡荡的街上，然后慢慢减了点速度沿着房子跑。

"往这儿来！"那个男孩推开沉重的大门，松了一口气。

弗拉季克率先冲了进去。他完全没有注意，这个意料之外的救星要把他带到哪里去。

"你，"弗拉季克艰难地喘着气问道，"住在这里吗？"

男孩拨开额头上的刘海，哈哈大笑起来。

"怎么，你没看见？这是博物馆！"

"那我们会被赶出来的！"弗拉季克嘟囔道。

"不会的！"男孩摇摇头，"这里的人都认识我。我在这里参加俱乐部活动，航模俱乐部。"

丝维塔睁大了眼睛听，目不转睛地盯着弗拉季克，中间只打断了他一次。

"原来，我和你奶奶生活在同一个城市。"

弗拉季克点了点头，继续讲道。

他讲的方式很奇怪，好像所有这一切并没有发生在他身上一样。但丝维塔却产生了各种感觉，好像亲眼见到了空地上的房子、奶奶住的公寓，最主要的是在偏僻的小巷子里发生的事情……

"这就是尼卡，"弗拉季克沉默了一下，解释道，"他救了我，你明白了吧？而且他成了我的朋友。"

"那警车呢？"丝维塔提醒道。

"根本没有什么警车。这只是尼卡手机里的警笛声的录音。当时他从俱乐部里走出来，听见了我在喊。他就先把这个录音用最大的音量播放，然后自己走进来救我。"

丝维塔并没有问，如果尼卡没解救成功的话，会发生什么。干吗要问呢？

弗拉季克好像读懂了她的想法。

"当时尼卡成功了，"他轻声说，"可现在没有。"

"什么事情没成功？"

"他应该开摩托艇到轮船这儿来，"弗拉季克答道，又稍稍停顿了一下，"还要做一些事儿……为了你，为了你能明白。"

丝维塔感觉到心口疼了起来。为什么呢？为什么这个尼卡住得离自己这么近，想念着她，可她却连认识都不认识他？而且最可怕的是，即使他们现在彼此认识了，这已经什么都不能改变了。因为不管怎么说，她到现在为止心里只有叛徒瓦列尔卡。

突然，她想起来最重要的事儿：为什么弗拉季克会跟她讲关于尼卡的事儿。

"等一下，"丝维塔问，"那你为什么说，他遇上倒霉事儿了？"

弗拉季克像个大人似的叹了口气，垂下了眼睛。

"因为他没有来。他没出现在轮船旁边！而他这个人只要承诺了，就一定不会食言的。"

"也许他的确没有食言呀？也许，只是有些事情不顺利。"

"我爬到阳光甲板上的时候，"弗拉季克开始说，又突然停了下来，诧异地看了看丝维塔，"怎么，你没看那张字条？尼卡让我把字条交给你！但我有点儿不好意思，你们总是两个人在一起，你和那个浅色头发的女孩。"

"和阿尔卡。"丝维塔更准确地补充道。

"就是。我把字条折起来，塞到你们房间的门下面了。你没有看吗？"

"看了，"丝维塔叹了口气。"但我不知道，那是给我的。"

"那是给谁的？"弗拉季克惊慌失措地问，"难道是给那个浅色头发的女孩？"

"我们以为是的。"

"但你们不管怎么说也应该去阳光甲板呀！"

"我们准备去的。但阿尔卡的鞋跟卡住了，然后不知道是谁开始敲钟。"

"是我干的！"弗拉季克叫道，"是我去敲的钟。因为当我往上爬的时候，我好像看见了尼卡的摩托艇，可上面空荡荡的！"

第十章

快艇在湖上飞驰而过，浪花击打着金属船底和船侧，溅起高高的水珠。风声在耳边呼啸着。除了风声和浪的击打声，尼卡什么也听不见。

他想问伊戈尔，他们是不是要开很远，但还是没开口。不知道该怎么问。伊戈尔掌握着方向盘，紧张地盯着湛蓝的、在阳光下闪闪发光的水面。

尼卡也一会儿看着前面，一会儿看看两边：会不会有摩托艇或者快艇的黑影？

玛莎一听说伊戈尔要出去找人，就立刻来到纵码头上，说："我和你们一起！"

她站在那儿，瘦小而柔弱，好像一个小女孩。湖面上的风吹乱了她别在后脑勺的深栗色头发。她黑色的裙子一会儿被风吹得鼓成一个钟形，一会儿软弱无力地垂着，碰到她腿上。她的声音里充满了绝望和坚定，让尼卡无法拒绝。但伊戈尔沉默着把手放在玛莎的肩膀上，把她领回家了。

"就像灾难片里的主角一样。"尼卡想着，差点非常不合时宜地露出微笑。所有的一切都是根据情节发展的，就像他昨晚回忆的那样。姑娘也出现了，急需帮助的老人也出现了。现在就缺惊恐的小孩子们了。也许，他们的角色要由尼卡扮演了？尽管他，几乎已经是个成年的小伙子了。

"我不能就在这儿坐着。我会发疯的！"玛莎哭诉着。

然后她又哭了起来，只不过现在哭得很小声，不像之前那样上气不接下气的。

伊戈尔停了下来，在她面前蹲下，握住了她的双手。

"你最好留在这里，"他坚定地说，"你想象一下：我们都走了，如果你父亲回来了，我们甚至都不知道。那他会怎么想呢？如果你在家，就可以迎接他，并通知我们。"

尼卡确定，玛莎一定不会听的，可她却停止了啜泣，小心地点了点头。

"如果父亲回来了，我就给炉子生火。你们就能看到小岛上的烟了。"

杂草丛生的湖岸在迅速地靠近。有一秒钟尼卡觉得，快艇不会停下来，而会全速冲到地面上。但伊戈尔放慢了速度，转了个弯，开始沿着绿色的堤岸慢慢行驶。在灌木丛里，尼卡发现了一条狭窄的河汊子。伊戈尔关闭了马达，开始划桨。

"我们去那儿吗？"尼卡猜道。

"去那儿。"伊戈尔点点头。

用桨前进的快艇走得缓慢而笨拙。河汊子两边高高的芦苇簌簌作响。尼卡有点儿紧张，他担心快艇可能会被缠在这些水草中。到那时候怎么办呢？

但快艇并没有卡住。相反，它很快划到了苇丛散开的地方，而前方出现了一个圆形的内湖。

"一般来说，如果天气不好，离家又很远的话，米哈伊洛维奇会把摩托艇放在这儿，"伊戈尔解释说，"他在岛上还有个窝棚。"

"米哈伊洛维奇，是玛莎的父亲？"尼卡想确认一下。

"是啊，"伊戈尔说，"只是他不在这儿。大概是没来得及。"

伊戈尔的脸色变得忧虑，眼睛眯了起来，额头上露出一道深深的皱纹。尼卡心想，伊戈尔其实不像他昨天以为的那么年轻，肯定超过三十岁了，也许跟尼卡的父亲一样快四十岁了。难道他一直生活在小岛上吗？那工作怎么办呢？家庭呢？看不出来他家里还有其他人。尼卡只看见了男人用的东西。而且所有生活用品，很明显，都不像是女人收拾的。也许，伊戈尔根本没有成家？不过他有邻居玛莎。年轻，而且好像挺漂亮的。尼卡对此不是很确定：如果一个姑娘在放声大哭，眼睛红红的，鼻子也是肿的，还能弄清她漂亮不漂亮吗？不过，这关尼卡什么事儿呢？

伊戈尔解救了他，他也该帮助伊戈尔，而不该去评判玛莎漂亮不漂亮。

"那现在怎么办？"尼卡小心翼翼地问。

"到岛上去，"伊戈尔说，"检查一下窝棚，然后从岛的那个方向看一看。也许，米哈伊洛维奇把船停在那儿了。当湖上起浪的时候，在河汉子里航行是很困难的。"

在云杉树枝搭成的窝棚里，散发着潮气、针叶和干鱼的味道。

"不在，"伊戈尔摇摇头，心情变得更加阴郁了，"米哈伊洛维奇不在，而且很久没出现了。我们到岛的另一头去吧！"

岛另一边的岸相对平缓一些，岸上几乎没有灌木和草丛。夜雨后还没干的大片红色沙滩，脚下的椴树深深地下陷……刚踩出来的脚印一下子被水填满了。沙滩里竖立着一些灰色的石头。奇奇怪怪的坑使河岸高低不平。尼卡看了看其中一个坑，畏缩了一下。那坑好像并不是很深，但边缘很陡，坑底黑黑的，里面不知是泥还是水。

尼卡跟着伊戈尔往下走，尽力每一步都跟紧他，免得不小心碰到石头或者让脚踩进坑里。伊戈尔自己也走得很慢，手上挂着一根有好多枝丫的长木棍，那是刚才在窝棚旁边捡的。

尼卡只看着脚下，所以当伊戈尔停下时，他差点没撞到伊戈尔的背上。

"站在原地别动！"伊戈尔声音嘶哑地说道。

"什么……"尼卡刚开口，就突然打住了。

他已经看见了是什么，准确地说，是谁……在坡上距离他们大概二十米的地方躺着一个人。他肚子朝上，双手把脸遮住了，一动不动。

第十一章

"那你试着给他打电话了吗？"丝维塔问。

弗拉季克点点头。

"昨天打了，那边说：'您拨打的电话无法接通。'今天是没人接。"

"可这是好事儿啊，"丝维塔也不是很确定地说，"这说明，昨天尼卡在一个地方，那儿没有网络信号。而今天，他到了另外一个地方，那儿手机有信号了，只是他没接电话。"

"既然都没接电话，又有什么好的呢？也就是说，他肯定遇上了什么事儿了！"

丝维塔看了看满脸通红的弗拉季克。要怎么让他冷静下来呢，哪怕就稍微冷静一点儿？

"你觉得，你看见了空的摩托艇，对吗？"丝维塔转弯抹角地说道，"湖上手机是没有信号的，对吧？也就是说，如果最坏的事情发生了，他就应该现在还在水上，那他的号码就应该和之前一样无法接通。"

丝维塔自己都快把自己说糊涂了，但弗拉季克并没有糊涂。

"你想说，如果他淹死了？"他声音嘶哑地挤出这么一句。

丝维塔看了一眼草坪，叹了口气。她没法儿把这样的话说出声来，而弗拉季克说出来了。也许，他是那种愿意面对现实的人，不管现实有多可怕。这和丝维塔不同：她掩饰得更好，而且只要还有微小的可能性，她就会一直掩饰。

"我想说的是，尼卡现在不在湖上。"她解释道。

"那为什么不接电话呢？"弗拉季克继续追问。

"这有什么关系！或许是没听见，或许是他把电话放在什么地方了。比如说我吧，就差点把手机忘在房间里了。那又怎么样，这就说明我出事儿了吗？什么也不能说明！你最好晚上再给他打个电话试试。不过……对了，你没有收到'尼卡的号码已经回到服务区'的短信吗？"

"我不知道，"弗拉季克耸了耸肩，"我根本不看短信的。现在没人给我发短信。如果有事儿，妈妈和爸爸会给我打电话，而班上的同学不知道这个号码。我的旧手机六月份的时候弄丢了。买新手机的时候，免费赠送了一张 SIM 卡，现在我就用的这个。"

"那你看看短信吧，"丝维塔说，"那样我们就知道，你的尼卡是什么时候回到岸上的了。"

同时她在心里说："如果他还在湖上的话，我们也能知道了。"

弗拉季克从牛仔裤口袋里掏出了手机。

"有！"一两分钟后，他叫了起来，"也就是说，尼卡是在后半夜回到岸上的。但是……他在湖上的这么长时间里到底做了什么？他都没有到轮船这儿来。"

丝维塔耸了耸肩：

"可能是他的摩托艇坏了吧？所以不得不划桨前进。你知道这多困难、多耽误时间吗？我如果是他的话，可能到现在都在补觉呢。"

为防万一她决定不提醒弗拉季克昨夜打雷和下大雨的事儿。

"真的吗？"弗拉季克高兴地笑起来了，"那他也许只是在睡觉！所以才没接电话，对吧？"

丝维塔本不会这么开心，毕竟这只是她的猜测，可谁知道事情到底是怎样的呢？但她想安慰弗拉季克，现在看来，她做到了。

"我觉得是这样的。"她点点头，努力让自己的话听起来令人信服。

"弗拉季克！"有人在树后面的什么地方叫他。

"哎呀！"弗拉季克跳起来，"妈妈以为我走丢了。好了，我得赶紧过去了，稍后我在船上找你。"

"只是，"丝维塔快速地说道，"你别到我们房间里来，我们还是在船尾的甲板上见面吧！八点钟见。"

"好的！"弗拉季克狡猾地笑了一下。"我也不喜欢你身边那个浅色头发的女孩。"

他消失在灌木丛后面。丝维塔觉得，自己刚刚商定了一次约会，而且是秘密的。至少要对阿尔卡保密。

阿尔卡游玩回来的时候很安静。她甚至都不试图取笑丝维塔了，而且进门的时候连镜子也没照。这很奇怪，丝维塔甚至有点儿害怕了。

"阿尔卡，你没生病吧？"她问道。

"别烦我，"阿尔卡不耐烦地摆摆手，"你丢下我一个人……"

"怎么是一个人？你是跟团队在一起啊！"

"就是拜你的团队所赐。"阿尔卡挤出这几个字，就扑通一声扑倒在床，头朝下趴着。

丝维塔走到姐姐身边，小心翼翼地碰了碰她的肩膀。

"阿尔卡，发生什么事儿了？有人欺负你了吗？"

阿尔卡躲开她的手，坐了起来。

"你自己试试就知道了！"

她眼中闪着埋怨的泪光，睫毛膏都花了。

"我为什么同意来这儿呢！"

"好像谁事先问过我们似的！"丝维塔在心里苦苦地想道，"你妈妈如果决定了什么事儿，那么谁的意见也不会关心。"

"要不，你还是说说到底发生了什么事情？"她做出最后一次努力。

"没什么可说的，"稍稍平静下来的阿尔卡嘟哝道，"能把你的手机给我吗？"

"好的，"丝维塔点点头，把手机递给姐姐，"你的钱还没到账吗？"

"什么钱？"阿尔卡生气了，"谁给我打了钱？"

"怎么，你早上不是给你妈妈发了短信嘛。"

阿尔卡嘿嘿笑了。

"啊，对。大概还没到账吧，或者她忘了给我充值了。那我可以用你的手机打电话吗？"

"当然了。"

阿尔卡拿过手机，一句话没说就走出了房间。

丝维塔走到桌前，拿起昨天的字条。没错！里面是一种笔迹，墨水是蓝色的，而外面是歪歪斜斜的印刷体字母，和阿尔卡床上的报纸上填字游戏里的笔迹是一样的。

在这一刻之前，丝维塔都还在怀疑。万一弗拉季克哪里搞错了，那字条的确是写给阿尔卡的呢？但是现在，所有的怀疑都烟消云散了。

也就是说，实际上是阿尔卡撒了谎，她自己在纸上写了自己的名字。只是，她这么做是为什么呢？

阿尔卡很快回到了房间里，才过了还不到五分钟。她一声不响地把丝维塔的手机放到桌上，照了照镜子，然后就去洗脸了。

丝维塔检查了一下：通话记录是空的。也就是说，阿尔卡不希望丝维塔知道她打给谁了。她不是打给妈妈，这是肯定的。那到底打给谁了呢？当然了，有可能是打给某个朋友，但不知道为什么丝维塔很难相信这种可能性。手机处于漫游状态的时候，就为了闲聊几句而打一通电话值得吗？好吧，就算丝维塔的手机费不用心疼，但和阿尔卡打电话的人也要花很多钱呢。但事情不是这样的。阿尔卡没有特殊需求是不会花丝维塔的钱的。总的来说，她对于经济问题非常大方。平时，如果姐妹们要买冰淇淋或者矿泉水，阿尔卡不仅会付自己那部分，还总是试图帮丝维塔付钱。阿尔卡从来都不是个贪心、小气的人，百分百不是。

啊，有什么好猜的！给阿尔卡的账户充值，让她想给谁打就给谁打呗。丝维塔完全可以出钱。应该怎么操作呢？需要看一下。她们四天前就收到过广告短信，上面写得很详细。

丝维塔很快找到了短信。给阿尔卡转多少钱呢？不知道她的手机现在是刚好余额为零，还是已经欠款了？得问她一下。如果已经欠款，就需要充更多的钱。

丝维塔走到浴室门口。

"阿尔卡！"她叫道。

门后面水声哗哗响着，阿尔卡没有回答。

嗨，随她去吧！阿尔卡的手机在哪儿呢？啊哈，包的口袋有些突起。那她的账户里到底剩多少钱呢？

收到对账户余额查询的回复，丝维塔惊讶地张开了嘴。

"余额三百卢布。"

这是怎么回事？阿尔卡用自己的手机想打给谁就可以打给谁，那她为什么要用丝维塔的手机呢？

这是阿尔卡的小气病突然发作了？未必。或者她在玩儿什么游戏，必须要用丝维塔的号码才能进行？

第十二章

尼卡歇了口气，擦了擦突然冒出汗的额头。

"这是米哈伊洛维奇？"他用嘴型问伊戈尔。

伊戈尔点了点头，又重复了一遍：

"站在原地别动。"

尼卡想，即使伊戈尔没有吩咐他别动，他也很难往前移动一步。他觉得很热，血液的涌动使他耳内砰砰作响，双腿好像麻痹了一样。

伊戈尔向岸边走去。他马上就要走到那一动不动的身体旁边了，马上就要弯下腰，检查他是否还有脉搏。到那时……尼卡最微弱的希望也要破灭了。不幸会把他们完全笼罩住，真实的、残酷的、不可挽救的不幸。

尼卡觉得，伊戈尔移动的样子好像电影里的慢动作。他不知为什么看了一下手表，发现秒针也在缓慢地爬着，好像每一秒钟都变成了原来的三倍长。

但不管怎么说，不论时间看上去走得多么出奇的慢，现实中的、他们可以指望的时间已经流逝了。伊戈尔向米哈伊洛维奇俯下了身子，或者说是向米哈伊洛维奇的尸体。

尼卡觉得，空气不知为什么变得沉重和黏稠起来，并且卡在肺里，怎么也呼不出来。"这是因为味道。"尼卡明白了，并不由自主地眯上了眼睛。他知道，只有唯一一种味道会让他变得如此难受，好像大地开始以旋转木马的速度在自己脚下旋转，鼻子不能呼吸，胃部也出现强烈的痉挛。那就是——血的味道。

不，尼卡手指抽血的时候，并不会晕过去。如果是他身边的什么人擦伤或者鼻子流血了，他也可以忍受那种味道。但仅仅是忍住：咬紧牙关，用尽全力不看他们，并小口小口地吸入空气。

但如果血更多的话……在头晕和恶心发作之前、趁大脑勉强还能运转的时候闭上眼睛，走得远远的——这就是他能做到的一切了。即使过后他会为此责怪自己，即使有些不可弥补的重要事情都取决于此。

的确，这样的事情在他身上发生过唯一的一次。但就因为这一次，他的整个生活都改变了。他愿意付出一切，只希望这件事没有发生过就好了。但是，在现实生活中没有"取消进程"按钮，也没有把一切重新开始的可能。

尼卡舔了舔干燥的嘴唇。应该趁自己还没有晕倒时走开，只是该怎么向伊戈尔解释呢？就在这里？现在就说吗？

突然，尼卡反应过来，在自己这些生理感受和对于"解释"的愚蠢的恐惧之外，他忘了最重要的、在此刻唯一有意义的事情。

他睁开眼睛，盯着伊戈尔看，他已经飞快地跑回来了。

"他还活着！"

伊戈尔说着，并没有放慢脚步。他气喘吁吁的，说出的话也很短，好像被剁碎了一样。

"没有意识。好像腿断了，还流了很多血。需要赶紧送到镇上，到医院里去。我们到快艇上去吧，上面有担架。"

尼卡像走在棉花上一样，一步一步地挪动着。后来腿变得不软了，于是他开始跟着伊戈尔跑。

当他们带着担架回来的时候，尼卡明白，现在就要发生对他来说最屈辱的事情了。要么他承认自己晕血，然后伊戈尔不得不一个人来处理玛莎的父亲。要么不承认，但那样他就会在最不恰当的时候晕过去。

伊戈尔并不知道尼卡有多么煎熬，他把折叠担架展开，然后像往常一样头也不回地对尼卡喊道：

"来帮忙！"

尼卡张开嘴，想要解释他没法儿帮忙。但他的舌头突然僵住，而且好像哑巴一样完全说不出话了。

伊戈尔回过头来，看了看尼卡。此刻的尼卡全身是汗、脸色苍白、精神有些错乱，但伊戈尔什么也没看出来。尼卡明白，伊戈尔把自己看成一个几乎成年的小伙子，不管怎么样都应该帮忙的。

于是尼卡咬着嘴唇，快速地向担架走去。

这家医院铺的是木地板，上面粉刷了橙棕色的染料。尼卡坐在硬邦邦的矮凳上，背部贴着墙，数着地板上的一块块木板。先是数那些在透过窗子照进来的阳光下闪闪发光的木板，然后再数那些阴影里的木板。他已经一一清点了好几遍，每一遍都得出不同的数字。但不管怎么说，阴影中的木板还是比阳光下的要多得多。尼卡在内心深处的某个地方感觉到，这是不祥之兆。伊戈尔正隔着密不透风的白色房门跟医生谈话，到现在都没有回来——这也是不祥之兆。如果一切都好的话，哪怕是相对的好，他大概早就出来了。

当手术结束的时候，伊戈尔把自己的手机塞给尼卡，说："给玛莎打个电话，只是别让她担心！"然后就跟着一位穿绿大褂的高个儿叔叔走向远处的办公室。

尼卡一下子想起了自己的手机，匆忙中落在了伊戈尔家的窗台上了。算了吧，他现在要手机干什么呢？

看起来，这个医生叔叔认识伊戈尔，因为他在见面的时候跟伊戈尔握了手，还轻声地问了些什么，尼卡没有听清问的内容。伊戈尔回答得也很小声，两个人的脸都很严肃，没有一丝微笑。如果一切都好的话，难道老熟人见面时会这样表现吗？

尼卡找到了玛莎的号码，他用混乱的语言向她解释道，他们在小岛上发现了她的父亲，他的腿骨折了，不过现在已经做完了手术。

玛莎没有号啕大哭也没有大呼小叫，只是抽噎着对着听筒叹了口气，说她马上就来。尼卡不明白，她能怎么过来。自己开快艇到岛上来？可是难道她有力气发动那沉重的马达吗？或者在岛上还有另外一些男人，可以送她过来？他还没来得及问，玛莎就按了"结束通话"键，听筒里传来了短暂的"嘟嘟"声。

尼卡把手机放在身旁，打了个大大的呵欠。

他大概实在是太累了，因为恐惧——从伊戈尔在岸上找到玛莎父亲的那一刻起，一直盘旋在他脑海里的恐惧；因为折磨人的恶心和头晕——当快艇飞快地开往岛上，尼卡坐在米哈伊洛维奇的脚边，闻到那已凝固的血的生锈味道时，这些不适一直伴随着他；因为他总感觉自己马上就要支持不住，要咕咚一声晕倒在地了。可他毕竟没有晕倒！这说明……说明什么呢？以前他只是误以为自己不能战胜自我？而事实上，他是完全可以的？尽管要费很大的劲儿，但不管怎么说他还是克服了……还是说，以前的他确实做不到？

白色的门咔嚓一声打开了。伊戈尔一步穿过三块木板，向尼卡走来。

"电话打了吗？"他问道。

尼卡闻到了难以察觉的白兰地的味道。

"打了。玛莎很快就来。"

伊戈尔摇了摇头：

"我跟你说了，不要让她担心。"

尼卡有些生气：

"那如果有人和您说，您的父亲在医院呢？怎么，您不会过来吗？"

"好了好了，"伊戈尔安抚地说，"来就来吧，我们等她。"

尼卡咽下一口黏黏的口水，然后问了他现在最担心的问题。

"那她父亲……怎么样？"

伊戈尔耸了耸肩。

"能怎么样？现在当然还不好，但医生说，应该会康复的。对了，那医生是我的同班同学，人很好。他会尽全力救治他的，而且分文不收。"

"肯定会康复吗？"

伊戈尔在尼卡旁边的板凳上坐了下来。

"知道吗，任何事情都没有人能肯定地知道。但正如他们所说，预后良好。"

"'他们'是指谁？"

"医生们，"伊戈尔解释道。"怎么，你没有亲戚朋友住过医院吗？"

"没有。"尼卡承认，他的脸一下子红了。

"有什么不好意思的？"伊戈尔有些惊讶，"只是你很幸运罢了。"

尼卡没有表情地点了点头，没有再问别的问题。

他们就这样沉默地坐着。伊戈尔不时看看表，等着玛莎。

而尼卡在想，自己骗了伊戈尔，因为事实上今年他就有一个非常亲近的人住过医院。住了挺久，大概有两个月，但尼卡一次也没有去探望过他。

准确地说，不是"他"，而是"她"。

第十三章

阿尔卡走出淋浴间，她的头发是干的，脸却是湿的。她眼睛发红，眼皮有点儿肿。

"讨厌的肥皂，"她嘟哝道，"能想象吗，肥皂流进了我眼睛里。我勉强冲洗了一下，但现在还刺痛呢。"

丝维塔没有答话。她拣了一张带有填字游戏的报纸，俯身趴在桌上。她读着问题，看着整齐排列的空格，但就是找不到一个合适的数字来作答。丝维塔产生了一种感觉，房间里那偶尔被轮船发动机的轰隆声打破的寂静氛围，现在突然变得明显浓厚起来，好像沼泽地上升起的浓雾。一开始，这浓雾从阿尔卡的脚开始向她们笼罩，然后上升到肩膀，再覆盖到头。然后她们就要在这寂静中无助且无声地痛苦挣扎。

"你怎么不说话？"阿尔卡忍不住了。

也许，她也感觉到了些什么。

丝维塔很可能会像往常那样回答她，比如说一句："我正在做填字游戏呢。"但这是在她今天没有跟弗拉季克说过话、也没有看到阿尔卡手机账户的前提下。即使是现在，她也试图克制住自己，而且也许她能够做到。但阿尔卡用那种带着鄙视和优越感的眼神看着她，这让丝维塔的话脱口而出。

"我不知道跟一个一直对我说谎的人有什么可说的。"

"什——么——？"阿尔卡跳了起来。

她惊讶得眉毛都抬到了刘海的位置，眼睛睁得圆圆的。

"谁总是对你说谎了？"她用冷冰冰的声音反问道，"我说谎？你有什么权利这么说？你这个矮小的跛脚丑丫头！叛徒！对人嫉妒得要死。"

要是放在以前，丝维塔听到这样的话会号啕大哭起来，并会把自己锁在浴室里，一直哭到晚上。但现在，阿尔卡的话几乎没有刺激到她。

"你想说，你在手机余额这件事上没有骗我吗？"她慢慢地问道，"还是说关于阳光甲板的字条上，你的名字不是你自己写上去的？还有关于'背叛'，是你告诉妈妈瓦列尔卡的事的，我只是承认我认识他，而且我认为他可能会做出不好的事。"

"你……"阿尔卡恶狠狠地低声说，"拿了我的手机？像个小偷一样从我包里掏出来的？"

似乎，使她大为恼怒的只是关于手机的那些话，其他的她好像完全没有听到。

"昨天早晨，"丝维塔提醒道，"你也悄悄地从我包里拿了手机。不想解释一下是为什么吗？"

"够了！"阿尔卡打断了她，"不想见到你！你最好从我眼前消失！"

"那你只能不回房间了。"丝维塔小声而自信地回答道。

阿尔卡"哼"了一声，背过身去，飞快地换好衣服，抓起牛仔风衣和包，就冲出了门。

房间里就剩下丝维塔一个人了。丝维塔现在才感觉到，自己的手颤抖得多厉害，自己的心有多疼。

她能做什么呢？去吃饭，然后像什么也没发生一样去坐快艇玩儿？可她哪儿也去不成！而且一点儿也不想吃。丝维塔趴在床上，要是能睡着就好了！可经过这样的对话之后难道还能睡得着吗？

躺着不动，什么也不想、不去感觉就挺好的，就让空调的冷气吹拂着脸。

但她做不到什么也不想。各种念头、回忆顽固地躺在脑海中，丝维塔也拿它们没办法。

她因为和阿尔卡吵了架而痛苦。说了那么多狠话，这下她们大概一辈子都是敌人了。以前，丝维塔甚至想都没想过在任何事上责怪姐姐。是的，她知道阿尔卡觉得她幼稚、天真，所以经常骗骗她，但是那种骗——不是为了某种利益，而只是因为不信赖。难道可以信赖一个傻乎乎的小女孩吗？噢，阿尔卡说了瓦列尔卡的事，那又怎么样？丝维塔却一下子就供出了他的那些事儿……要是只对阿尔卡说了就还好，真不该对她妈妈——莉卡姑姑说。莉卡姑姑……当然了，莉卡姑姑当然是个好人，只是她太过相信自己是正确的，而且做决定非常快，不问其他人是否同意她的决定。也许，就因为这个她的丈夫——阿尔卡的父亲很久以前就抛弃了她？谁会喜欢一个人总是帮自己做决定呢？

这次的游轮旅行也是阿尔卡的妈妈安排的，事先谁的意见也没有问。她买了旅行许可证[①]，跟相关负责人说好，两个未成年的女孩子要单独旅行，然后才把事实摆到丝维塔和她父母面前：两周后丝维塔和阿尔卡要去拉多加湖和斯维里河[②]旅行。

当丝维塔的妈妈说到自己会担心，如果有大人陪着女孩们一起去也不错的时候，莉卡姑姑甚至没有听完。

---

① 在俄罗斯跟旅行团旅游时，通常需要购买许可证，其中一般包括车票、住宿等费用。

② 斯维里河，在俄罗斯欧洲部分西北部，连接奥涅加湖和拉多加湖。

"我们也去？"她反问道，露出讽刺的微笑，"你知道一张许可证要多少钱吗？是你工资的两倍！"

然后又立刻开始安慰她：

"喏，她们在那儿能有什么事儿呢？几乎都是成年的大姑娘了！我们在她们这个年纪的时候在技术学校上学，住集体宿舍，又发生什么了呢？现在只是离开大人的照看五天而已。一天三顿饭餐厅都供应，游览项目都是安排好的。如果游客没有一个个点清楚，轮船就不会离开码头。人不会丢了的！而且有益于健康啊！你女儿今年在医院里住了多久啦？现在还总待在家里，脸色这么苍白——看起来多糟糕！而那里有新鲜的空气、大自然和美景。"

对此丝维塔的妈妈没什么可反驳的，于是同意了。而丝维塔的意见则没有任何人问过。难道一个正常人能够拒绝贴心的姑姑为了让侄女儿恢复健康而安排的水上旅行吗？

但事实上，丝维塔知道这根本不是原因。莉卡姑姑想出水上旅行的主意，是要让阿尔卡离开城市，同时她自己去和瓦列尔卡解决问题。当丝维塔没能保持沉默，说出了和阿尔卡约会的瓦列尔卡当初怎么对她之后，姑姑就是这么对她们说的。

那天，她们三个坐在厨房里喝茶。

莉卡姑姑给丝维塔的盘子里放了一大块蛋糕。

"吃吧，丫头，吃吧！看你这么瘦！胳膊和腿细得跟树枝似的。要长胖一点儿，要不然都看不下去了……"

"妈妈！"阿尔卡扑哧一声笑了，"在你看来，越胖越好看吗？我也穿四十二码，知道男生们都怎么看我吗？"

"我知道那些男生怎么看你们！"莉卡姑姑嘟囔道，"在他们这个年龄只想着一件事，他们觉得任何一个女生都是美人儿，只要谁对他们瞟几眼或者晚上跟他们去散步。"

"不是这样的！"阿尔卡生气了，"咚"地推开茶杯，"根本不是'任何一个'！我现在就在和一个男生约会……"

她沉默了一秒钟，用警戒的目光打量了一下身边的两人，但炫耀的愿望变得越来越强。

"他是真的喜欢我！而他是那么棒，任何一个女孩都会羡慕的！他又可爱，又有运动细胞，还会弹吉他。"

听到"吉他"，丝维塔惊讶地看了看姐姐。

"没错！"阿尔卡点点头，"你也认识他，之前还跟他交往过。那又怎么样呢？你们分手了，不是吗？那他现在怎么办——难道一个人过一辈子吗？"

"你是说瓦列尔卡？"丝维塔艰难地挤出这几个字。

"是啊！"

丝维塔觉得，周围的一切在一瞬间失去了原来的颜色。厨房变成了黑白的，阿尔卡幸福的笑脸变成了面具，嘴里的那块蛋糕化成了没味道的稀粥，怎么也咽不下去。丝维塔稍稍抬起杯子，喝了一小口茶，然后呛着了。

她咳嗽起来，泪水夺眶而出。因为被茶呛住，空气没法儿进入肺里，为了呼吸，丝维塔嘴里发出一声嘶哑的咳嗽声。

"你怎么了？"阿尔卡吓了一跳。

莉卡姑姑赶紧跑过去，抓住丝维塔的腋下，先微微地把她抬起，然后让她把胸部靠在桌边，轻轻地拍她的背。丝维塔感觉到嗓子灼痛，但空气又进入肺里了。

"谢谢。"她小声说，挣开莉卡姑姑的手，又坐回椅子上去。

"让人担心的孩子！"莉卡姑姑叹了口气，回到了自己的板凳上。

丝维塔一下子手掌变得冰凉，两颊却变得通红。她张开嘴，但一句话也说不出来。

"你含含糊糊地干吗呢？"阿尔卡挑逗道，"好像已经不咳嗽了？没错，我是在和瓦列尔卡约会。但我们是现代人了！不用小题大做，把这看成什么悲剧吧！"

"有意思。"莉卡姑姑轻声喃喃道，两个女孩似乎都把她给忘了。

丝维塔喘了口气，她能做什么呢？微笑、沉默？可毕竟……都是因为瓦列尔卡，她才遇到了这样的倒霉事儿，直到现在都不能走出阴影！他在最可怕的时刻背叛了她！而傻傻的阿尔卡好像什么也不明白！如果一个人第一次做了坏事，那他做第二次又有什么难的呢？第三次，第五次呢？

于是丝维塔没能忍住，准确地说，她的话仿佛不受控制那样脱口而出。

"瓦列尔卡，是个非常不好的人，"她飞快地说道，"是个叛徒。难道，你——我的姐姐，可以跟这样一个叛徒交往吗？"

"原来是这样，"莉卡姑姑不快地拉长声音说，从板凳上站了起来，"明白了！他先跟你们姐妹中的一个交往，然后把女朋友抛弃了。现在又开始和另一个谈情说爱？"

丝维塔和阿尔卡睁大了眼睛，看着暴怒的阿尔卡的妈妈。

只见她飞快地从厨房的窗边走到门口，砰的一声关上门，伸出紧握的拳头。

"只要我活着，就不允许发生这样的事情！听到了吗，阿尔卡？除非我死了！"

似乎，阿尔卡还没明白，妈妈的态度有多严肃。她用手指在太阳穴位置转了一圈①，生气地哼了一声。

莉卡姑姑用拳头捶了一下桌子，茶匙当的一声碰到了茶杯上。

"别在这儿跟我哼哼！"她眼睛里闪着怒火，"你脑子太简单，而我见识的多了！没关系，我会搞定的，让他不能靠近你一千米之内。"

"他不能靠近，那我去找他！"

"你也不能去！"莉卡姑姑降低了声音，"马上丝维塔走了，我跟你好好谈！"

丝维塔从家里给阿尔卡打去电话，可阿尔卡只气恼地压低嗓音说了句："告密者！"就丢下了听筒。虽然第二天早上她又自己打来了。

---

① 在俄罗斯文化中，食指指向太阳穴并画圈这个手势表示某人"疯了，傻了"。

"算了，"她说，"我原谅你了。你毕竟还是个小傻瓜。"

丝维塔不知道，莉卡姑姑跟阿尔卡谈了些什么、怎么谈的。但第二天莉卡姑姑就拿来了旅行许可证。而旅行前的两周里，阿尔卡都被锁在家里。

从那以后，丝维塔就觉得自己对不起阿尔卡，于是忍受着她的所有嘲笑，迁就她的各种任性，毕竟阿尔卡因为她的话受了那么多苦！

但任何忍耐都是有尽头的，丝维塔的耐心就在今天用完了。

第十四章

伊戈尔疲惫地伸了个懒腰，从凳子上站了起来。

"我们去码头吧？"他问道，"去接玛莎？"

尼卡点点头。最近几个小时里他已经把自己坐麻了，感觉自己几乎都不会走路了。

大街上阳光很刺眼。尼卡微微眯上眼睛，好适应这强光。从湖上吹来的风吹在脸上，让皮肤变得凉凉的，还吹拂着头发。

"你爸爸妈妈会不会在找你？"伊戈尔问。

尼卡摇了摇头。

"他们去度假了，在贝加尔湖。"

伊戈尔吹了一声口哨：

"真棒！现在越来越多人都跑到国外去度假了。"

"我爸爸妈妈不这样，"尼卡笑了，"他们就在国内旅行。一会儿去索洛夫卡，一会儿去远东，一会儿去伏尔加河①，现在又飞去贝加尔湖了。他们喜欢水多、风景独特的地方，不像我们那里。不过我们也爱拉多加湖，还有武奥克萨河②。"

---

① 伏尔加河，俄罗斯欧洲部分的河流，为欧洲最大的河流。

② 武奥克萨河，芬兰和俄罗斯的河流。源出赛马湖，注入拉多加湖。

"那为什么没带你去呢？或者这不关我事？"

"不不不，事情很简单。他们每次去一个新地方的时候都不带我，您知道的，就像去侦察。而到了第二年如果有机会的话，我就和他们一起去。"

"这是什么情况？"伊戈尔惊讶地问，"每一个地方去两次？他们不无聊吗？"

"不会。正相反，他们很喜欢。先自己考察一番，然后给我展示。我已经去过四个海了，真正的大海，在海上也坐过快艇。当然了，坐的不是这里的这种，而是大的，跟着专业旅行团一起的。我在那些地方只是个游客。"

"在那些地方是游客，那在这里是船长？"伊戈尔微微一笑。

"是军舰航海长。"尼卡小声嘟哝道。

"勇敢！顺便说一句，拉多加湖也算海吧，它是有风浪的、不可预料的。刚刚湖面上还是风平浪静呢，而五分钟后可能就掀起两米高的浪。我们昨天已经是幸运的了，可能会更糟呢。"

尼卡叹了口气。如果老实说，他之前只在武奥克萨河上开过摩托艇。拉多加湖他和爸爸来得很少很少，而且都是爸爸亲自掌舵。那时候在湖上，他感觉比现在平静和习惯一百倍。尽管那时也会遇到石头、水流湍急的地段和大片的深水航段，但不管怎么说……即使在最宽阔的深水航段中，在最强的风里，两米高的浪还是尼卡有生以来从未见过的。他也不知道，拉多加湖里可以掀起这么高的浪。幸好昨天没有，要不然他和伊戈尔一定会被浪掀翻的。

"所以，你就一个人在家了？"伊戈尔打破了沉默。

"怎么了？"尼卡装出高傲的样子，"我已经十四岁了。怎么，难道还是小婴儿吗？"

"当然不是，只不过……比如说，你爸爸妈妈知不知道，你开着什么人的摩托艇来拉多加湖游玩儿？"

"不是什么人的摩托艇，是我们家的！"尼卡生气了，"而且我也没玩儿，我是有事情，很重要的事情。"

"之前有，现在没有了？"

"差不多吧，"尼卡承认道，"如果我的摩托艇不是在水草里绊住了，所有事情就已经搞定了！"

"搞定什么呢？就捉住梭鲈鱼了？"

伊戈尔的眼神里充满了嘲笑，惹得尼卡都发脾气了。如果不是因为生气，他也许不会承认的，但现在他不由自主地说：

"我就能把摩托艇开到轮船跟前，然后放飞直升机了！"

"什么直升机？"伊戈尔困惑地反问道。

"银色的，带有降落伞的。"

"你……"

伊戈尔大概是想问，尼卡是不是精神失常了。但在这时候，水面上出现了一艘摩托艇。他俩同时看见了船，并向着纵码头跑去。

"玛莎！"尼卡叫道。

而伊戈尔把手掌贴在额头上挡住阳光，凝视着闪闪发光的蓝色水面。

"啊，"当玛莎把船开得越来越近的时候，尼卡问道，"她是开的我的摩托艇吗？"

"不是，"伊戈尔摇摇头，"这是她父亲的摩托艇。看见船尾的小旗子了吗？你的船上没有这个。"

"的确是，"尼卡附和道，突然惊讶地望向伊戈尔，"这是怎么回事？她父亲昨天是自己开摩托艇走的呀。或者，他有好几艘摩托艇？"

"问题就出在这里，他只有一艘摩托艇，"伊戈尔若有所思地点了点头，"这摩托艇是怎么到玛莎手中的呢？"

　　玛莎关上发动机，把摩托艇用桨划到码头的系船桩跟前。尼卡大吃一惊，这样一个柔弱的姑娘居然可以开动这么沉的船，好像这根本不是船，而是一朵大花上的一片轻飘飘的花瓣。他还想，她父亲的摩托艇跟他自己的简直太像了，型号、颜色都一模一样。只有船尾的小旗子和挡风玻璃上轻微的裂痕是它们的全部区别。

　　伊戈尔伸出手，玛莎轻巧地跳到了摇晃的木板上。

　　"他怎么样了？"她担心地问。

　　"还在睡，"伊戈尔解释道，"麻醉还没过去。医生说，大概两小时后就会清醒过来。"

　　"可以去看他吗？"

　　"玛莎，当然不能了。他正在复苏科呢。"

　　"好吧。"玛莎点点头，把三角头巾从头上拽了下来。

　　"我们走吧，找个地方坐坐，"伊戈尔提议，"六点之前回到这里。医生说了，到六点钟要么你可以去看你父亲，要么他会亲自来跟我们说明一切，说手术的情况。"

　　"可我们去哪儿呢？"玛莎忧伤地皱起眉头，"我最好还是待在那儿，在小凳子上等着吧。"

"你想怎么样都好。"伊戈尔耸耸肩。

尼卡沉默着走在他们后面，尽力让自己不被注意。早晨他还不明白，而现在他突然感觉到，玛莎和伊戈尔之间不仅仅是友好的邻居关系。难道作为普通朋友的邻居可以这样看着对方吗？

他感觉自己是多余的，不知道该何去何从。回小岛上去拿自己的摩托艇？他不好意思承认自己不太记得路。乍一看，在湖上迷路是不可能的，可这仅仅是看上去不可能。还要怎么可能！尤其是如果湖中各个地方都布满了小岛，彼此之间跟双胞胎似的都非常相像的话。去镇上溜达溜达吧？那他会走到哪儿去呢？可能会遇到某些当地的流氓强盗。这样的事情还不够多吗？

就这样，什么也没想出来的尼卡拖着步子走到了医院门口的长凳前，坐在了凳子最边缘的地方。伊戈尔从另一边坐下了。

玛莎坐在了中间。她拉扯着手中的头巾，一会儿在上面打结，一会儿把结解开，眼神空洞地望着前方。

"玛莎！"伊戈尔叫她。

好像害怕她听不见似的。

但她听见了。她向伊戈尔转过头，用勉强能听见的声音问：

"怎么了？"

"玛莎，你的摩托艇是怎么来的？"伊戈尔问，"我以为你会用我的橡皮船，或者尼卡的那艘摩托艇。"

"啊，对了，"玛莎稍微活跃起来一点儿了，"是大学生们把它开过来给我的。他们在岬角上搭帐篷住，这已经是第三个夏天了。他们说是昨天晚上在航道上拦住的，一下子就认出是我们的摩托艇。他们已经见过它一百次了。不知有多少次我都是和父亲开这艘摩托艇去捕鱼……幸好，那时候你们已经来电话，说找到爸爸了，要不然我简直就要发疯了！大学生们说，摩托艇好像本来是被系在哪儿的，可绳子磨断了。"

伊戈尔沉默着点点头。

医院的门打开了，一位穿白大褂的年长妇女向台阶探出头来。

"孩子们，"她挥挥手，"快进来！医生叫你们。你们的爸爸醒了！"

第十五章

　　丝维塔又一次回忆起来。自从公交车事件之后，瓦列尔卡开始在学校里跟她打招呼。一开始只是点头和微笑。她也报以微笑回应，她觉得这样显得骄傲又独立。伊莉什卡饶有兴趣地看着他们，但什么也没问。

　　这持续了大概两个星期。然后在寒假前，瓦列尔卡当着所有人的面走到丝维塔跟前，邀请她去看电影。这一意外之举让她脸红了，差点咬到舌头。正站在墙边讨论穿什么衣服过新年的女孩子们，都睁大了眼睛盯着瓦列尔卡。有人咕哝道：

　　"这怎么可能！"

　　丝维塔拉扯着背包带子，一句话也说不出来。

　　"那你去吗？"没等到回答的瓦列尔卡问道。

　　"去。"她小声说。

　　"那你把手机号给我吧，我们电话联系。"

　　瓦列尔卡拿出手机，准备好记录。丝维塔把号码报给了他。

　　"好了！"瓦列尔卡说。

　　"你没输错数字吧？"伊莉什卡跑过来问道，"还是检查一下吧！"

"如果丝维塔没有说错，我也不会弄错的。"瓦列尔卡微笑着对伊莉什卡眨了眨眼睛，"我可是用录音机录下来了。"

不知道为什么，听到"录音机"，丝维塔脸红得更厉害了。他总是这么做的吗？还是说他听到她的声音会很开心？

当然了，这些她并没有问他。她挽着伊莉什卡的手，把她拖回了自己班上。瓦列尔卡没什么理由要从隔壁班来自己的班，他也从没来过。但丝维塔在内心深处抱有希望：万一他会来呢？

假期刚开始那段时间，丝维塔手机都没离开过口袋。每一个来电都会让她开心地跳起来，但一看到屏幕就发现自己白高兴了一场。阿尔卡来过电话，莉卡姑姑来过电话，伊莉什卡来过电话，而瓦列尔卡甚至在除夕夜都没给她打个祝福电话。

丝维塔完全灰心丧气了。她想出了一百种充分的理由，为什么瓦列尔卡不打电话。比如，他可能感冒了，可能丢了电话，或者只是不小心删除了录音。如果伊莉什卡没有每天都问："怎么样？跟列谢特尼科夫说好了吗？去看什么电影？"在听到丝维塔忧郁地回答"没有"之后，用同情的眼神看着她，给予她一个成人化的理解的微笑，也许丝维塔还会觉得轻松些。就这样，在一月五号她终于失去了耐心，冲伊莉什卡吼了起来，让她别多管闲事，也别再提愚蠢的问题了。如果有需要的话，丝维塔会主动全部告诉她的。一个人可以有秘密吗？即使对最好的朋友也保密的那种？伊莉什卡仔细听完了丝维塔的话，一点儿也没有生气。

"好啦，没问题！"她用那尖细的嗓音叽叽喳喳地说道，"当然可以有秘密。我自己也有……"

她神秘地眨了眨眼睛，然后不说话了。

要是放在以前丝维塔会好奇得要命，但现在她一点儿也不关心。伊莉什卡有自己的秘密，那就随她去吧。

瓦列尔卡在六号晚上打来了电话，那时丝维塔已经不再把手机放在口袋里了。手机躺在前厅的床头柜上，而且她半天才听到铃声，但他还是等到她接电话了。

"你好！为什么这么久都没接电话？"那个熟悉的略带沙哑的声音问道。

"你好！"丝维塔不假思索地回答，感觉到自己脸颊和脖子都烧得滚烫，"手机放得很远。"

"明白了！你有没有改变主意，不想去电影院了？"

"没有啊。"

"但我改变主意了，"瓦列尔卡说，"昨天我在网上看了一下，没找到一部值得看的片子。"

丝维塔一下子从天上掉到了地上，她心想："明白了，你只是不想和我一起去罢了，打来电话是因为毕竟答应过！"

"没有就没有吧。"她尽可能冷淡地说，已经打算说再见了。

如果一切都这么明白了，还有什么好说的呢？也许，瓦列尔卡在假期认识了哪个美女，于是丝维塔现在对他来说完全多余了。难道她还要纠缠吗？不，这是不可能的。

但瓦列尔卡并不急着说再见。他稍稍沉默了一下，好像在集中思想，然后突然提议：

"那我们去彼得堡吧！"

由于意外，丝维塔手一松，手机砰的一声掉到了地上。瓦列尔卡好像听到了碰撞的声音，小心地问道：

"丝维塔？你那儿怎么了？"

丝维塔拿起手机，充满活力地回答：

"没什么，有个东西掉地上了。"

"不是你摔倒了吧？"

"不是。"

"也对，"瓦列尔卡表示同意，"如果是你摔倒了，声音应该更响才对。"

"你是想说我很重吗？"丝维塔生气了。

当然，她是假装有点儿生气，但实际上心里开心地唱了起来。她想要飞起来，在房间里乱跑，大声地唱歌。

因为瓦列尔卡来电话了，而且约她去彼得堡。这一切都太棒了，丝维塔简直无法想象。

在彼得堡，他们沿着涅瓦大街散步，看了五颜六色的灯光装饰的房子和桥，走进商店里取暖，聊啊，聊啊，聊啊。聊书，聊电影，聊旅行，聊快艇，聊飞机。

丝维塔一生中从未感到如此幸福过。晚上回到家，她爬进装满热水的浴池中，这种填满她的莫名的全新感受让她哭了起来。她明白，一切都很好，但与此同时她又觉得这些很快就要结束了，或者这种"好"会令人痛苦地变少。她哭着，把眼泪抹得满脸都是，同时微笑着。

现在瓦列尔卡每天都给她打电话。他们在所有的社交网络上都成了好友，尽管那上面只有几个页面。瓦列尔卡晚上去丝维塔家做客。他们喝茶，从袋子里拿方形饼干吃，不停地聊天。他们会急急忙忙地打断对方，好像时间不够，可能来不及讲述最重要的事儿一样。

在学校里，大家很快就习惯了列谢特尼科夫和丝维塔关系好的事实。的确，这有什么奇怪的呢？关系好就是关系好，他们不是第一对，也不是最后一对。

丝维塔盲目的幸福持续了大约一年。然后她陷入了沉思。其实，关于这件事的想法丝维塔以前就有，但她努力把这些念头赶走。可现在……

伊莉什卡来家里做客，开始抱怨，她好像是开玩笑，又好像是认真的。她说所有的女生都已经在和男生谈恋爱了，而她无论跟谁去约会，都会发生一些荒唐事。

"比如说上星期吧，我在游泳池认识了一个男生，他好像挺可爱的，肌肉发达，穿着时尚。晚上我们见面了，在咖啡馆坐了坐，然后他送我回去。我们在单元门前停下了。我看得出来，他想要接吻，可我从来没和任何人接过吻！我觉得很不好意思，他也猜到了，我就逃走了。你和瓦列尔卡第一次接吻是什么时候？"

"我们还没有接过吻。"丝维塔承认道。

"怎么会？"伊莉什卡吃了一惊，"你们在一起整整一年了，却从来没有接过吻？难道他不是你男朋友吗？你们只是朋友？我以为……不过，他为什么还会看别的女生？而且还是那样地看！我们班就有人说你们只是普通朋友，我还为你争论过。我说：'难道女生和男生可以就这样做普通朋友吗？'"

"我们不是只做普通朋友，"丝维塔不自信地反驳道，"但我们暂时还没有接过吻。"

"啊哈，"伊莉什卡嘿嘿一笑，"这是因为列谢特尼科夫还没有鼓起勇气，都快要上十年级的人了！不是的，丝维塔，这说明他就是不想，他可不像你想的那么含蓄呢。要是你看见他在课后对佐托娃做的那些事就好了！"

"什么事？"丝维塔感到发冷。

"帮她开门，给她递大衣，吻她的手，那样盯着她，用我奶奶的话说，'就像猫看着奶油'。还有，他也那样盯着我看过，当我穿那条银色裙子上学的时候。记得吗，就是我妈妈从巴黎给我买的那条？"

"你奶奶看见了这一切？"最终，丝维塔开始慌了。

"当然没有啦！你什么意思？"

"那她怎么知道，瓦列尔卡盯着佐托娃就像猫盯着奶油那样？"

"你傻了，是吗？"伊莉什卡的手指在太阳穴上转了转。"她什么也不知道，只是一种表达方式而已，奶奶最喜欢用的。这话是我说的。"

伊莉什卡走了，丝维塔却无法平静。难道伊莉什卡是对的？

是的，瓦列尔卡有关世界上的一切都和她聊。是的，他经常到她家做客。可是……他从来没有跟她说过一次，他喜欢她，也从来没有试图把手放在她肩膀上，更别说接吻了。三八妇女节的花他送给了同班同学佐托娃，而不是她。他还会饶有兴趣地看其他可爱的女孩。

也许，丝维塔的确理解错了？也许，瓦列尔卡把她当成朋友？或者甚至不是朋友，而仅仅是个熟人？

因为直到现在，丝维塔才明白：原来她对瓦列尔卡的生活一无所知。喏，只知道他是隔壁班的，他弹吉他，他读关于旅行的书，喜欢老电影……只有这些！丝维塔甚至都不知道，平时他都去哪儿，什么时候会突然从学校消失几天——要知道这种情况经常发生。有一次她问了，但瓦列尔卡开了句玩笑敷衍过去了。他说，他要去田野实验。然后立刻换了个话题。

丝维塔用一整晚鼓足了勇气，然后给瓦列尔卡打去电话，直截了当地问他。

"我们是朋友吗？还是说，我是你的女朋友？"

瓦列尔卡猛地咳嗽起来，重重地对着听筒喘气，但还是回答了：

"丝维塔，这样吧，你明天就全知道了，好吗？我写给你。"

丝维塔一夜没合眼。早晨，她像往常一样打开电脑，看了看瓦列尔卡的 VK 主页，读到这样一句："我爱你……"

她一下子就被强烈的幸福感笼罩了，在家里都待不住了。

丝维塔跑到家门口的街上，发现自己几乎认不出这街道来了。好像房子更高了，路更宽了，阳光更灿烂了，雪也更白更柔和了。但变化最大的是行人，他们都看着她，友好地对她微笑，向她投去祝福的目光。

在瓦列尔卡家单元门前的长椅上，坐着两个男孩子。丝维塔觉得他们很快活、很可爱。她对他们笑着开了个玩笑：

"你们好，单元值班员！可以放客人进去吗？"

大一点的男孩看了她一眼，百无聊赖的眼睛突然变精神起来。

"你好！"他说，"那要看是找谁了！"

丝维塔笑了，然后把手贴近脑袋，好像在向长官致敬：

"去六号公寓。找瓦列尔卡·列谢特尼科夫。"

那男孩眨了眨眼睛，微笑起来，大概是他喜欢丝维塔的笑话。

"那儿不能去！主人不在家。"

"你们怎么知道的？"

两个男孩子对视了一眼。

"关于他的一切我们都知道。"小一点的男孩说。

他看上去大概十二岁，肥大的外套使他看起来臃肿并有点儿可笑。

"是吗？"丝维塔吃惊地问，"怎么知道的？"

"他是开玩笑的，"大一点的那个说，"只是瓦列尔卡自己跟我们说，如果你突然来了，就告诉你他出去了。"

"怎么？"丝维塔问道，"去哪儿了？"

这时她突然猜到了。

"去做田野实验了？"

"嗯，"两个人同时点了点头，然后哈哈大笑起来。

"对了，"丝维塔下定决心要问个明白，"你们能不能给我讲讲，这个田野实验究竟是什么？"

男孩们又对视了一眼。

"我们不仅能讲，还可以带你去看看。我们自己也打算过去。"

"真的吗？那远吗？"

"才不远呢，"大一点的说，"坐车半小时之内就能到。"

"坐什么车？"丝维塔有些惊讶。

"坐我的车。"大一点的男孩得意地笑了。

笑容使他的脸变样了，丝维塔这才发现，他只是看上去像是同龄人，而实际上他应该有十八岁了，不会更小。

"走吧？"小一点的男孩问道，他笑得很开朗，"对了，我叫维尼亚，他叫米沙。"

"丝维塔。"以防万一丝维塔还是介绍了自己。

尽管瓦列尔卡的朋友们八成知道她的名字。

如果只有米沙一个人，丝维塔肯定不会跟他走。毕竟是个成年的小伙子，谁知道他心里想什么呢？但维尼亚是这么友善、这么好笑、这么可爱。而她又那么想见到瓦列尔卡，还想了解他的"田野实验"的一切！

"好吧，走吧！"丝维塔同意了。

原来，米沙的"九号"①车就停在旁边。他飞快地启动了发动机，维尼亚则绅士地打开车后门，把手贴在胸口。丝维塔笑了，钻进了车里。

这是她在很多很多个月里最后一次笑。

————————————

① 俄罗斯汽车品牌名。

第十六章

玛莎走下楼梯。白大褂在她的背上飘了起来，脚上一双亮绿色的保护套簌簌作响。

走到板凳旁，玛莎停了下来，喘了口气。尼卡已经几乎和这板凳粘在一起了。

"一切……"她轻声地说。

尼卡惊恐地看着她。

"……都会好的，"她继续说道。

尼卡"呼"地松了口气。

玛莎脱下保护套，扔进垃圾篓里，然后环顾着四周。

"哎，白大褂交给谁呢？"

"估计是给女护理员吧，"尼卡建议，"她在台阶上和伊戈尔说话呢。"

玛莎把白大褂整齐地叠好，突然对尼卡弯下腰来。

"谢谢你！如果不是你，伊戈尔一个人是没法儿把爸爸抬到快艇上的。他当然是个强壮的人，很有力气。但爸爸有九十公斤重，而且还有衣服。他肯定得再找别人帮忙，那救治的时间就会耽误了。医生说：要是再耽误一小会儿，就救不了了……你是个非常勇敢的男孩子，而且非常可靠。"

听到这些话，尼卡差点呻吟起来。要是玛莎知道，他实际上是什么样的话，估计她连话都不会和他说了。她会嫌恶地皱着眉头，从他身边走过去。

"我们去街上走走？"尼卡小心地换了个话题。

玛莎点了点头。

他们升起了真正的篝火，伴随着欢快的火苗和飞向空中的火星，还有又高又细的烟柱和滚热的灰。当柴火烧成炭的时候，可以在灰里烤土豆。篝火生在小岛的中间，树后面的一边是伊戈尔的小屋，另一边则住着玛莎和她父亲。

玛莎坐在横木上，伸长了腿。火焰的光芒映在她眼中，使她的眼睛显得那么蓝、那么吸引人，尼卡不由地移开了视线。

伊戈尔往火堆里加了一段圆木头，火燃烧得更旺了。

"我去拿点儿土豆来。"

玛莎点了点头。

"这一切都是多么愚蠢、多么可怕呀！"她双手抱着胳膊，好像很冷似的，"要知道，爸爸已经去过那个小岛一千次了！摩托艇也总是系在那里，总是用那根绳子……而这次，一个极其偶然的情况就导致了这一切！要知道，爸爸只是忘了穿毛衣。在湖上太冷了，他就喝了酒来取暖。他到了岛上，系上摩托艇，把它从水里拉上岸时却差了一点，没有拉到位。绳子正好落在一块尖尖的石头上，他也没注意到。于是摩托艇又滑进湖里了，绳子被拉紧了，而那块石头像刀一样把绳子切断了。而他这时候才看到。他跑过去，以为还来得及在摩托艇尚未溜到湖深处的时候就把它抓住，但没来得及，自己还滑倒了……就是这样。"

"这些都是他跟你说的吗？"尼卡很好奇。

"是啊，"玛莎点点头，"当然了，他说话还有些困难，但毕竟能说了。没关系，我爸爸挺结实的，很快会好起来的。明天我就把房门关上，到镇上来照顾爸爸。今天他还在复苏科，亲人不能待在那儿。我是因为有熟人，才放我进去了一小会儿。明天爸爸就会被转到普通病房，那儿可以从早待到晚。"

玛莎好像突然发作了，她说啊，说啊，好像这样会让她变得轻松些。

"那你要住哪儿呢？"尼卡问。

"住哪儿？住家里！"玛莎微笑道，"我们在镇上有房子。怎么，你以为我们全年都住在这个小岛上吗？不是的，冬天谁都不住在这里。"

"那伊戈尔呢？"

"他也住在镇上，而且有工作。在学校教历史。"

"真的吗？"尼卡大吃一惊。

"你不知道？"玛莎这才感到惊讶，"我以为，你是他的学生呢。"

"不是的，"尼卡摇摇头，"伊戈尔昨天在湖上救了我。我的螺旋桨被水草缠住了，而木桨忘在家里了。"

"你不带桨就开摩托艇出来了？"玛莎睁圆了眼睛看着尼卡，好像在看一个精神病患者。

至少，尼卡是这么觉得的。

"嗯，"尼卡感到非常难为情，立即开始辩解，"我只是……只是我脑子只顾想着其他事情了。"

玛莎突然变得很严肃。

"等一下，"她问道，"你遇到什么麻烦了吗？"

尼卡点点头。

"那你说吧！也许，我们能一起想出点儿什么。"

尼卡从没跟任何人说过这件事。他觉得，相比让他说出来，他更可能钻到地下去。可是……他以前觉得的事情有什么意义呢？要知道，他曾坚信自己只要闻到血腥味就会失去知觉，可他这次并没有。万一玛莎会听完他的故事，并给些建议呢？一些他自己永远想不到的好建议？

他深吸了一口气，绝望地看着玛莎，开始说道：

"是发生了一些事。只不过已经是很久以前了。"

伊戈尔回来了，篝火烧完了，土豆在灰里烤好了，而尼卡还在一直说，一直说。

玛莎认真地听他讲述着，没有打断他，只是有时提出一些简短的问题。伊戈尔也在听。从他们脸上的表情里尼卡什么也看不出来。也许，他们两个人已经鄙视他了，只想着一件事赶紧回家，忘记他的存在？也许，玛莎和伊戈尔都只是无聊，是出于礼貌才听尼卡说的？

他终于停下来了，因为再没什么可说的了。

"你们非常不走运，"玛莎小声说道，"这种事情是常有的。好像大家都是好人，大家都想要好结果，而实际上却出现了不能更坏的结果。你不应该等这么长时间的，但我理解。下定决心是很艰难的。过去的时间越久，就越艰难。但现在……你想出来的也许都是对的，至少值得尝试一下。要知道，我曾经也是个小姑娘……我一定会，即使不原谅，也至少会好好考虑一下。这就已经不错了。而且你自己也会知道，你已经做了自己能做的一切。只不过需要把一切都考虑周全，让事情确定成功，而不是像上次那样。"

"我们来考虑一下！"伊戈尔插嘴说道，"你知道轮船行驶的路线和时间表吗？"

尼卡不知所措地点了点头。这是什么情况？玛莎和伊戈尔不仅没有鄙视他，他们还决定要帮他的忙？而且说得好像一切都是自然而然、顺理成章？难道这可能吗？

"怎么，您，"他小心翼翼地问，"要和我一起去吗？"

"一起去，"伊戈尔微笑着点点头，"总不能让你这个没带桨的一个人去吧？"

第十七章

丝维塔直到现在几乎都不能回忆这件事。当她和傻笑的维尼亚坐进老"九号"之后发生的事情对她来说就是发烧时说的胡话……好像噩梦的火苗突然烧进了自己习惯的现实中。

就像一般的噩梦那样，这件事刚开始时完全正常。汽车在城市行驶着，经过了市中心，往东郊开去。米沙小心地开着车，没闯红灯，也没超速。只是不知为什么就是不回答丝维塔的问题。她两次问道，要不要提前告诉瓦列尔卡，她和他们一起来了。第一次米沙什么话也没说，第二次他毫无表情地"哼"了一声，并调高了广播的声音。

丝维塔向维尼亚转过头来：

"怎么，"她问道，"他开车的时候不说话的吗？"

维尼亚笑开了花，他眨了眨眼睛：

"这要看跟谁在一起了。他是个容易生气的人。"

"那为什么不跟我说话？"丝维塔不明白，"我做错了什么吗？"

"不是你，"维尼亚嘿嘿一笑，"你的瓦列尔卡让他生气了，而且很严重。可以说，会让他一辈子都生气。"

"这么严重？我以为你们是朋友呢。那你们为什么还带我去见他？"

维尼亚神秘地弹了一下舌头：

"一切都会告诉你的！"

丝维塔感到有点儿不自在。

"男生们，是真的吗？到底为什么呢？"

她突然想到，也许不应该坐上车的。毕竟瓦列尔卡从来没有叫她和他一起去做实验。如果她去了会让他生气呢？

"我还是提前告诉他吧，"她喃喃地说道，开始找手机。

"我来给他打吧，"米沙终于出声了，"等出了城，把车停在该停的地方，我就给他打电话。"

"还是我现在就打吧。"丝维塔反对道。

"那就不会有惊喜了。"维尼亚皱起了眉头。

"也不需要什么惊喜！"

丝维塔开始按键，可维尼亚突然笨拙地挥了挥手，手机飞到了米沙的脚下。米沙生气地把手机踹到一边去，免得它在脚踏上妨碍开车。

"噢！"维尼亚大笑起来，"这下拿不到了！"

"你简直是只熊！"丝维塔生气了。

她生气的是，她的新手机掉在脏兮兮的汽车的地上，而维尼亚哈哈大笑，好像做成了什么绝顶聪明的事儿一样，而且还没有道歉！

"我是熊，那你就是山羊。"维尼亚大笑起来。

"你给我安静点儿！"米沙打断了他，"现在到通行检查站了。"

维尼亚瞬间变得严肃了。

"怎么，你们害怕国家汽车检查局的人？"丝维塔尖刻地讽刺道。

她对维尼亚很生气，既因为手机，也因为他说她是山羊。

"车上有毒品吗？还是车是偷来的？"

"真是个傻子！"维尼亚咬牙切齿地说。

"现在我们就看看谁更傻！"丝维塔顶撞道。她摇下自己这边的车窗，紧挨着门喊道："警察叔叔！"

警察叔叔当然没有听见丝维塔的叫声，他们还在相当远的地方呢。但米沙听见了，他稍稍减了点速度，简洁地吩咐道：

"堵住她的嘴！"

丝维塔甚至还没来得及害怕，维尼亚就淡定地点了点头，并傻笑着对着她肋骨下面重重地打了一拳。

在一段时间内丝维塔周围的世界仿佛停止存在了，全世界都变成了疼痛感和想要呼吸的强烈愿望。

当她再次能呼吸、再次能理解周围事物时，她看见她这边的车窗已经关上了，而交警通行检查站已经在很远的后面了。

"你们干什么？"她声音嘶哑地问道，"你们疯了吗？停车！马上！"

"还想再吃点苦头吗？"维尼亚发出短促的笑声。

现在丝维塔才看出来，他根本不是快活和可爱的人，而是令人厌恶的、冷酷的、好挖苦人的绑匪。而米沙就更坏了，因为他年龄更大，而且是他下令"堵住她的嘴"。

米沙稍稍减了点速，弯下腰来拾起了丝维塔的手机。

"很好！"他对着听筒说道，那声音让丝维塔感到恶心。"听出我的声音了吗？我感觉你已经听出来了。号码也认出来了，是吧？没认出来？奇怪了！喏，没关系，马上你就明白了。现在是这样的，你欠我们的，这你是知道的。可你不想还，这我们是知道的。长话短说吧，你的小情人在我们手上。哪一个？就是飞奔着来找你的那个，不是红头发的。黑头发的①。因为你没有赶来救她而悲伤得脸色发黑。对了，就是在用她的手机给你打电话呢。总而言之，想把她要回来的话，给钱。不给的话……结果你自己明白……你在唠叨些什么，哪一个小情人？你有一百万个？是丝维塔甜心！不认识丝维塔？"

米沙打开了免提。

于是丝维塔听见了完全冷漠的瓦列尔卡的声音。

"我不欠你们任何东西，也不认识任何叫丝维塔的。"

这些话比肋骨下的击打还要灼痛她一千倍。

"叛徒！"她大叫了一声，声音嘶哑而凄惨。

之后发生的所有事情，丝维塔都记不全了。好像一些现实的碎片穿透了眼前和耳边寂静的幽暗。丝维塔没有听见，他们和瓦列尔卡的通话是怎么结束的，也没有听见后来绑匪们在争执些什么。看着脏兮兮的雪从车轮下面飞起来，丝维塔在这世界上却最想变成雪。因为雪是冷的，是湿润的，而且最重要的是，雪不在车里。

"我们后面有个尾巴！"维尼亚叫起来。

要么是他叫得声音太大，要么是丝维塔醒了，反正这几

---

① 俄语中"黑头发的"和"脸色发黑的"是同一个词。

个词她听见而且明白了。

"你警匪片看多了，人都看傻了！"米沙扑哧一声笑了。

"不是，你看！路上空空荡荡的，只有这辆'福特'车从通行检查站开始就一直跟着我们。"

"现在就再检验一下，看到底是不是在跟着我们！"米沙说。

说着他就急剧地向右转弯，往那个方向的乡间道路明显比其他地方暗了。

汽车向侧面猛冲过去，车里传来尖锐的急刹车声，维尼亚疯狂地叫了起来。

这时候丝维塔又失去知觉了。

丝维塔醒来的时候，发现自己在一个天花板高高的陌生房间里。强光照着她的眼睛，嘴里苦苦的，而且干燥得舌头几乎都动不了了。

丝维塔稍稍抬了抬头，看见了妈妈。

妈妈坐在椅子上，半闭着眼睛，嘴唇微动。她脸色苍白，脸上布满了以前没有的深深的皱纹。平时总是整整齐齐地做成某种造型的头发，现在被妈妈用什么东西别住了。一绺头发掉了出来，沿着妈妈的脸向下垂着……她的头发几乎全白了。

"妈妈！"丝维塔害怕地叫道，声音十分嘶哑。

妈妈睁开了眼睛，用滚热的手掌握住了丝维塔的手。

"宝贝女儿，还活着。"她小声喃喃道，好像不相信。

"我们在哪里？"丝维塔问。

"在医院里，"妈妈解释道，"在一家非常好的医院里。你的医生很棒。已经做了手术，所有碎片都已经取出来了。现在一切都会好的。"

"什么碎片？"丝维塔慌神了。

"你不记得了？"妈妈问道，又立即柔声细语地说起来，"不过也不需要记得这些，现在最主要的是康复。也许，你想喝点什么？"

丝维塔小心地点了点头。

妈妈从椅子上站起来，走向床头柜。

"妈妈，"丝维塔小声说，"你为什么嘴唇微微地在动？在我……睡着的时候……"

妈妈向她转过身来，不好意思地微微一笑。

"我在祈祷，乖女儿。为你祈祷。"

大人中谁也不知道，那辆车载着丝维塔去了哪里，以及为了什么。她没有说，而除了她之外也没法儿从别人那里知道了。第一天，她就问妈妈：

"米沙和维尼亚在哪儿呢？"

"谁？"妈妈有点儿害怕地看着她。

"喏，就是那些……男孩子，和我坐在同一辆车里的。"

她很勉强地把那些绑匪称为"男孩子"。

"啊，"妈妈明白了，"他们的父母几乎立刻把他们送到彼得堡去了。哎哟，我的女儿！他们伤得重啊……医生说，你是福大命大。当时你们是去哪里呢？在这样的雪地里开得那么快？"

"我们只是，"丝维塔低声含糊地说，"在兜风。"

撒谎几乎让她生理上感到痛苦，但说出事实却更令人难以承受。

"兜风，"妈妈忧伤地重复道，"大一点的男孩，好像留下终身残疾了。小一点的……"

她摆摆手，用纸手帕擦了擦鼻涕。

"小一点的怎么了？"丝维塔坚持问道。

"好像伤到脑子了，"妈妈不知为什么悄声说道，"当他醒来的时候，一直叫着什么还债。要么是谁欠他钱，要么是他欠别人的。我自己也没听见，这都是女卫生员说给我听的。要知道这对父母来说是多大的痛苦啊！"

"是痛苦。"丝维塔表示同意。

她心想，对于他们父母的痛苦其实来得比这早得多，就在他们的儿子从正常的男孩变成了残酷无情的猛兽的那一天。或许，这并不是在一天之内发生的，而是逐渐地、一步步地发生的？要知道，这种事是有界限的……到这条线之前还可以算是正常人，一旦过了线，就不是了。

几天之后，莉卡姑姑带着阿尔卡来看丝维塔。莉卡姑姑吻了一下侄女儿，把一大篮水果放在床头柜上，然后跑去和医生们谈话。谈关于单独病房、康复治疗中的特殊疗程和其他事情，都是需要花不少钱的东西。可丝维塔觉得即使没有这些，她也能很好地康复。

阿尔卡对着妹妹俯下身来。

"你怎么样？"

"还好，"丝维塔回答，努力挤出一个微笑，"只是缝针的地方疼，还有些头晕。"

"是缝——针——，"阿尔卡拖长了声音，"你才缝合了没几天！头晕，这大概是因为身体虚弱。对了，你男朋友也受伤了吗？”

阿尔卡当然也知道瓦列尔卡。尽管她在另一所深入学习英语和数学的学校上学，但她就住在隔壁的院子里，并经常来丝维塔家做客。

“没有。”丝维塔摇摇头，小声地叹了口气。

由于这剧烈的运动，她眼前仿佛飘起了五颜六色的气球。

“那你和谁一起兜风的？”阿尔卡惊讶地问。

“和熟人一起。”

“居然是这样！那他知道你在医院吗？”

丝维塔耸了耸肩。

“怎么，他三天都没打电话吗？”

“没有。”

“真是个畜生！”阿尔卡生气了，“你没去学校，而他却若无其事！”

“他根本就对我毫不在意。”丝维塔突然脱口而出。

“这样，”阿尔卡理解地点了点头，“他抛弃你了？”

丝维塔的眼神绕过姐姐，望向角落。那里立着床头柜，上面爬着一只苍蝇。十二月里哪里来的苍蝇？也许，这只苍蝇疯了？它以为屋子里是夏天？丝维塔也未必可以被认为是正常人，既然她曾经坚信，瓦列尔卡……至少还是有点儿喜欢她的。

"你怎么不说话？"阿尔卡忍不住了。

"他不是抛弃了我，"丝维塔小声说，"是背叛了我。"

"怎么背叛？"

"你说一般人是怎么背叛的？"

丝维塔把一切都告诉了阿尔卡，除了她在车里被打的这件事。

"居然有这种事，"阿尔卡咕哝道，突然跳了起来。

"你知道吗？我今天就去找这个瓦列尔卡，并告诉他我认为他是个怎样的人！给他找点麻烦！"

"没必要。"丝维塔虚弱地劝道。

"非常必要！"阿尔卡不假思索地说，"那个狼心狗肺的倒是过得安宁呢！你可是因为他差点连命都没了！喂，把地址报给我！"

第十八章

尼卡久久不能入睡。米奇卡的蜘蛛网在月光下闪着银光，蜘蛛网显得如此的单薄和透明，尼卡甚至都同情蜘蛛了。喏，它现在给自己建了一所"房子"，建成了。可只要尼卡挥挥手，"房子"就会荡然无存。米奇卡自己不在附近，也许是用毛茸茸的爪子去进行夜间觅食了，或者就是去呼吸一下新鲜空气。有意思，蜘蛛也去觅食吗？原来它们并不总是在四面墙上趴着的。

尼卡尝试着随便想些什么，只要不想最让他烦心的那件事儿。

床上的手机"当"地响了一下。尼卡伸出手，看了看屏幕，是妈妈发来的短信："小崽子，你好！你怎么样？我们一切都很好。这儿几乎没有信号。吻你。"尼卡笑了。妈妈就是这样的，连发短信都用这么多标点符号。

"你们好！"他回复道，"我一切正常。"

这当然并非完全属实，但可不能告诉妈妈他这几天都发生了什么！要不然她大概会抛下一切，坐第一班航班飞回来。可干吗要这样呢？妈妈反正也帮不了他，还会让她和爸爸的假期都泡汤了。最好还是他自己来吧……把自己的问题解决掉，或者解决不掉。

手机可怜地尖叫起来。尼卡看了一下——果然，电池用光了。尼卡快速地看了一眼菜单，未读短信就算了，要是能看一下未接来电也不错。手机已经在不停地发出尖声提醒，但还没有关机。弗拉季克打来了三个电话。哎呀，这可不妙！要知道，他在那轮船上等着尼卡呢，却没有等到，现在该着急了。可现在又不能用快没电的手机给他打电话。

尼卡继续翻记录。最近一个来电者的名字闪了一下，然后手机就没电了。这是致命的。尼卡的手开始颤抖。也许，这是他的错觉？也许，他只是看错了？因为那个人是无论如何也不可能给他打电话的。唔，准确地说，理论上当然有可能的，但尼卡觉得那人来电话的可能只有百分之一。

米奇卡的蜘蛛网摆动着，不知是因为穿堂风，还是因为米奇卡回来了。尼卡第十次翻了个身。也许，不应该禁止自己想那些脑子里浮现的事情？反正不管怎么样都睡不着……

离开弗拉季克，尼卡就回家了。就是那个他从一群绑匪手中、从小巷子里拉出来的弗拉季克。弗拉季克说他"拯救"了自己。但尼卡不喜欢这个词，因为不好意思。他只是帮助他逃跑，如此而已。

然后尼卡就去航模俱乐部注册。当然，这是给弗拉季克注册的。尼卡自己从七岁开始就参加这个俱乐部了。那儿有他真正的朋友，做的事情也是实实在在的，不是仅仅只有一些模拟的玩具。轻捷的飞机飞上天空，在地面上方盘旋，有时候会掉下来摔得粉身碎骨，有时候会听话地降落在起落架上。它们都是不一样的：有的很小，有的大一点儿；有的是无线电操控的，有的只是起风的时候在气流中滑翔而已。

妈妈说，尼卡对自己的这些模型太痴迷。也许，的确是这样的。因为，每次要放飞手中这小小的会飞的宝贝时，他的心里都收紧了，喉咙哽咽得说不出话，好像是他自己要飞上天一样。

这些尼卡都不好意思说。他把这认为是某种不正常的表现，是不能容忍的软弱……但妈妈当然是知道的，爸爸也知道，俱乐部的朋友也知道。除此之外再没人知道了。

弗拉季克也很喜欢这个俱乐部，但夏天快结束的时候他不得不跟父母去彼得堡了，所以还没来得及传染上尼卡的"毛病"。

周末，弗拉季克来到奶奶这里，给尼卡带来了礼物——

一台旧的海上望远镜。"航海长用的望远镜。"弗拉季克说道。可尼卡不想收下。

"你自己能用的!"

弗拉季克摇摇头。

"我想把这个望远镜送给你!因为你是我最好的朋友,而且你是真正的航海长。"

"我怎么是航海长了?我只制作飞机模型,把它们放飞到天上而已。"

"飞机也有领航员。而且你也会为自己的飞机模型在路线图上绘算航路,对吧?"

"这倒是。"

"就是啊!这下你就可以用航海长的望远镜来观察飞机的飞行情况了。"

"那你爸爸妈妈会怎么说?"尼卡搬出最后一个理由。

"他们知道,而且根本不反对。"弗拉季克郑重地回答。

于是尼卡就收下礼物了。

他把望远镜挂在胸前,带着它穿过整个城市,一点儿也没有不好意思。似乎望远镜把自己前主人们的自信都传递给他了。有时候尼卡停下来,透过镜片看着天空,有时望向遥远的森林，有时就仅仅往前看。

还没有走到中心十字路口，尼卡又把望远镜拿到了眼睛旁。矗立在前方远处的一座带白点的房子，好像就在手掌上一样。挂着长长的、闪亮的冰柱的房顶，冻硬了的窗户、单元门、长椅。春夏天老人们坐在这长椅上，而冬天……冬天这椅子通常是空着的，但只不过今天不是。

尼卡清楚地看到了两个小伙子，而且不只是看见，还认出了他们。这就是把弗拉季克困在小巷子里的那些绑匪。当然了，那时候他们人多些。尼卡并不记得所有人。

如果不是又撞上过他们一次，尼卡连这两个人也不会记得。那次相遇是不久之前的事。当时尼卡正在一家小商店里转来转去，看给妈妈挑选哪种糖作为生日礼物，是选散装的"北方的熊"牌，还是选盒装的"什锦"牌。放糖果的橱窗在遥远的角落里，放面包的架子挡在橱窗和商店大门之间。

商店里没有其他的顾客，年轻的售货员完全没有注意尼卡。她坐在柜台后面，全神贯注地读一本封面鲜艳的书。尼卡不止一次见过这位售货员，她总是要么看书，要么无精打采地跟那个身材魁梧、脸上长着雀斑的保安吵嘴。今天她没人可唠叨了，门口的椅子上是空的。

小伙子们进来了，大声地笑着，挥舞着手臂。尼卡先听见了他们的声音，然后从面包架和墙壁之间的缝隙里看见了他们。他机械地离开这道缝远了一些，免得自己被发现。年纪小一点的男孩站在门口，年纪大一点的把臂肘支撑在柜台上，用嘶哑的声音说道：

"姑娘，把那瓶拿给我！"

他用手指指向装着最贵的白兰地的盒子。白兰地在里面的橱窗的高层架子上，在玻璃后面。

"请出示护照！"售货员要求道。

"要护照干什么？"

"对于十八岁以下儿童禁止出售酒精饮料。"

小伙子嘿嘿笑了：

"你真让我伤心，宝贝儿！"

说着就从口袋拿出……不，不是护照。他掏出了手枪，对准了售货员的脸。

"不许动，傻瓜，让我看见你的手！"他命令道。

姑娘惊呼了一声。

"你敢叫的话，我就杀了你！把柜台里的钱给我！快点儿！"

尼卡在角落里愣住了。他清楚地看见售货员用颤抖的双手从柜台里取出钱，看见了守在门口的男孩，看见了拿着手枪的小伙子。强盗们的脸依稀让他觉得很眼熟。不知是因为无路可走了，还是出于什么原因，尼卡开始慌忙地回忆，自己以前到底可能在什么地方遇见过他们。想起来了：在离俱乐部不远的小巷子里面，他们和弗拉季克在一起。

小伙子看起来也很紧张，他手中的手枪剧烈地颤抖着。尼卡生怕他一不小心按下了扳机，简直不能更害怕了。突然，黑色的枪口转向了尼卡所在的方向，尼卡不由自主地张开了嘴——他看见手枪的枪口没有洞，完全没有。

"玩具手枪！"尼卡明白了，"不能开枪的！"

他感觉轻松一点了，大脑中的想法也开始活跃起来。

那边墙上有个红色的按钮，上面写着"火警信号设备"。也许，按一下这个？

他的手不由自主地伸向了按钮。

警笛声呼叫起来，震耳欲聋。头发蓬乱、衣着不整的保安从辅助用房里飞快地跑了出来。

"快跑！"门口的男孩叫道。

小伙子手中的玩具手枪掉落在地，他迅速冲向门口。售货员轻轻地尖叫了一声,无力地跌坐在自己柜台旁的椅子上。

也许,如果跑到街上去的男孩没有透过玻璃看见尼卡,他们的眼神没有在那一瞬间交汇,一切就都已经解决了。尼卡知道,他被认出来了,而且这一次被记住了。

"你在睡大觉,而我差点被杀了!"售货员啜泣着冲着保安挥手。尼卡觉得那手像蔫了似的,毫无生气。"多亏了这位小兄弟想出这一招。"

"可我有什么错呢,列娜?"保安惭愧地嘟囔道,"是你自己让我去睡觉的。"

"是我让——的,"列娜带着哭腔拖长了声音,"要是不让你去睡,你就会这样在门口睡着。要不是你昨晚跟维嘉去酒吧喝酒,也不会在大白天躺倒睡觉了。"

"你们打算报警吗?"尼卡严肃地问。

"报什么警呢?"列娜叹了口气,"他们又没拿走任何东西!可如果谁知道了这件事,科里亚会被解雇的。"

她对着脸上长雀斑的保安点了点头。

"他是我亲爱的丈夫啊。如果他被炒鱿鱼了,那我们拿什么生活呢?靠我一个人的工资吗?"

她丈夫像喷气的机车一样喘着粗气,但什么也没说。

"那我走了？"尼卡问。

就这样，他那次没有买糖果，而是跑到了一家花店，选了三朵粉色的石竹。

现在，尼卡一边从望远镜中观察着这两个小伙子，一边在想该怎么办。从他们身边走过去，好像什么也没有发生过？反正他不会在光天化日之下被打死？或者不要冒这个险？

正想着，尼卡没注意到，小伙子们身边不知从哪儿冒出了一个穿黄色外套的个头不高的女孩。尼卡对她太熟悉了，根本不可能把她跟别人搞混。她那么无依无靠，尼卡的手握成了拳头，望远镜自然地垂在了胸前。

尼卡已经不考虑自己了。他在踩实的雪上边跑边打滑，用尽了全力向前飞奔。帽子滑落到了眼睛上，风灼痛了他的脸。

在十字路口他不得不停下来了，因为是红灯。尼卡喘了口气，扯了一下帽子，明白了自己没赶上。

年纪小一点的男孩轻轻扶住车门，穿黄衣服的女孩弯下腰，然后就消失在门后。尼卡看见，她是自己坐进车里的，没有人用武力推她。但难道因此就能感到轻松一点吗？

尼卡呻吟着飞奔过马路，这时身边传来急刹车的尖叫声，尼卡听见了愤怒的咆哮。

"怎么，你是傻子吗？活得不耐烦了？"

距离他半米的位置停着一辆绿色的"福特"车，打开的车窗里传来了骂声。

"对不起。"尼卡低声含糊地说道。

"要是我把你撞倒了怎么办？""福特"司机吼道，他把车停在路边，打开了车门。

他走到人行道上时，尼卡机械性地往后退，又突然愣住了。

"居然在这里遇见你！"司机完全换了另一种声音喊道。

这就是保安科里亚，差点因为睡觉错过了自己商店劫案的那个。

尼卡没有回答，只无助地望着带走了黄衣女孩的"九号"车。

"发生了什么事儿吗？"科里亚追问。

尼卡点点头，好多话不知从何说起，但最终说了出来：

"是有事儿发生！还记得那些想要抢劫你们商店的人吗？他们现在载着一个女孩走了！就在那辆车上。"

"那是你的女朋友吗？"科里亚猜道。

尼卡又点了点头。

"我给他们点颜色看看！"科里亚发怒了，奔向自己的

"福特","上车!"

"那我们要怎么做呢?"当"福特"追上了"九号",并紧紧跟在它后面的时候,尼卡问道。

"先开一会儿。"保安科里亚回答,"他们赶着去哪儿吗?他们是摆脱不掉我们的,没这个本事。等他们在哪儿停下来,从车里出来了,我就给他们找点儿麻烦!不用怕,一定会救出你女朋友的!"

在出城十千米左右的地方,"九号"突然加速,然后猛地向右转弯。弯转得太迅猛了,雪从车轮底下如喷泉般地溅起来,汽车一瞬间消失在灰白色的云中。当它再次出现的时候,保安科里亚简短地咒骂了一声,而尼卡号叫起来:"九号"底朝天地躺在边沟里。

科里亚从车里跑出来,连跑带跳地大步奔向翻了的汽车,尼卡跟在他身后冲了出去。

他想要帮上点什么忙,想要……但这都是在他还没有看见"九号"变成了什么样子,还没有闻到令人窒息的、恶心的涩味之前。这味道使他全身抽搐,头也像被棉花般的浓雾蒙住了一样。

科里亚朝尼卡转过身来,喊了些话,但尼卡没有听见是什么。他坐在雪上抽搐着，把头埋在膝盖里，感觉不到冷，感觉不到时间的流逝，忘了他自己是谁，为什么在这里……好像有一些汽车开过去了；好像警笛响了——一开始是一辆车，后来又有另一辆；好像有一个男人向尼卡弯下腰来，摸了摸他的脉搏，问了些什么。似乎，尼卡还回答他了。

他醒来的时候是在"福特"车里，保安科里亚缓缓地跟他说话。

"没什么，"科里亚重复道，"你女朋友还活着，明天去医院看她吧。这些事儿把你折磨坏了，可这其实是常有的。因为你还不习惯。"

尼卡想问，难道可以对这样的事情习惯吗？但舌头不知道为什么变得干燥、粗糙，不能动弹了。

尼卡的脑子里又空又冷，但这只持续了不久。很快，他的头剧烈灼痛起来，脑海里开始跳动着唯一一个词："叛徒"。他，尼卡，是个叛徒。

第十九章

丝维塔翻过身来，仰面躺着，睁开了眼睛。真不应该来参加这水上旅行，让自己躺在床上来回忆自己的噩梦！但噩梦终究还是被回想起来了。

住院的日子过得很慢，每一天都像双胞胎似的没有区别。早上量体温、吃早餐、医生巡视……丝维塔因为不得不待在屋子里而头脑发昏，因为病房里的味道而头昏，也因为食物头昏。

威胁着说要去找瓦列尔卡的阿尔卡再也没出现，瓦列尔卡当然也没有打电话来，丝维塔也没有期待他的电话。

妈妈只有每天晚上下班之后才来。

有一天早晨，一个不认识的女子往病房里张望了一眼。她的眼睛化了鲜艳的妆，有着丰满的嘴唇和令人愉快的低沉声音。

"你好，丝维塔！"客人微笑道，"我是阿廖娜·扎别琳娜，《城市晚报》的记者。我正在写一些关于青少年问题的报道。"

"您好，"丝维塔不知所措地小声说道，并不是很礼貌地加了一句："那干吗找我呢?"

"怎么？"记者很惊讶，"难道你不是青少年？难道你没有问题？"

"那些旁人会感兴趣的问题，没有。"丝维塔肯定地说。

记者笑得更灿烂了，坐到了床头的椅子边上。

"我觉得你错了。对于你的故事很多人都不会无动于衷的。要相信我的经验！"

"什么故事？"丝维塔没懂。

"什么什么故事？"记者睁圆了眼睛，"关于你怎么爱上一个年轻人的故事。你们没有地方可以见面，所以你和他一起开车兜风。他想给你展示，他开车不比赛车手差。毕竟你们生活中刺激的事儿太少了，对吧？你同意了，他就在冬天的公路上来了个急转弯，然后汽车就失控了。"

"这不是事实！"丝维塔生气了，"所有事情根本不是这样的！"

"那是怎样的？你说说。"

丝维塔猛地喘了口气。把连对妈妈都没能说出口的事实告诉这个打扮得花枝招展的女人？绝不会。

"我不想说！而且，请不要把我的任何事写进您的报纸里！"

"好吧，"记者耸耸肩，"不想说就别说了，早日康复！"

她轻松地站起身来，消失在病房门后。

第二天，阿尔卡给丝维塔带来了报纸。

"看吧，"她带着奇怪的笑说，"现在你是我们的明星了。"

丝维塔抓起散发着印刷厂油墨味的报纸。看完第二段之后，那些字母好像在她眼前浮动旋转起来，但她还是咬咬牙看完了。

这是一篇很长的、有道理的、极度有益的文章。文中作者写道，青少年没有地方可以打发空闲时间，没法儿像以前在久远的过去、在很多免费的社团和小组活跃的时候，安全地在大人的照看下度过。既然现在没有这些组织了，那么因为没事可干，高年级的男生就开始胡闹。比如说，聚在大门里抽烟、喝啤酒，或者更糟：尝试吸毒。还有一些人用另一种方式娱乐，但对于生命造成的危害并不少。比如骑摩托车或者开父母的汽车，在老建筑的废墟上钻来钻去寻找遗失的宝藏，夏天从陡峭的悬崖上跳进严禁游泳的河里。

没有一位家长能够或者应该不为孩子们担心。即使第一眼看上去自己的孩子很听话，明白事理，不喜欢冒险，但因为空闲时间太多，什么念头都可能出现在他们的脑海里。

文章在总体的评论之后还举出了具体的例子，附有姓名和照片。丝维塔就是其中一个"例子"。

一个居家的、成绩优异、听话懂事的女孩子和朋友们一起去滑溜溜的雪地上兜风，在郊外飞速飙车，直到汽车翻了。

好像是嘲讽一般，记者从 VK 网截取的丝维塔的照片神采飞扬地对主人微笑着。

"我已经请求她不要写我了。"丝维塔含着眼泪喃喃道。

"她是谁？"阿尔卡不明白。

"就是那个……记者。"

"哈！"阿尔卡扑哧一声笑了，"要是所有人的请求他们都答应的话，那他们就没什么可写的了。"

"当然了，他们也没有别的主题！"

"你怎么像小孩子一样！"阿尔卡皱起眉头，"你还不明白吗？她是大学生，实习生。他们拿到一个主题，然后搜集材料，想怎么搜就怎么搜！于是就这么搜集好了，根本顾不上你的痛苦。而且她也不是只写了你。"

"可你怎么知道，她是实习生呢？"

"一开始她先跑到我这儿来的，劝我讲讲你到底发生了什么事儿！喏，我也就虚构了一下，让故事听起来美一点。"

"美一点？"丝维塔慌了，"你就没想过，以后在学校里大家会怎么看我？"

阿尔卡嘿嘿笑了：

"大家会嫉妒你的，你就等着看吧。而且，我总不能跟她说实话吧？我答应过你保密的！"

这句话丝维塔不得不同意，这样还好一些。

关于瓦列尔卡，阿尔卡没有提到一个字，那一天没有，后来也没有。丝维塔也没有问。当她在车里时他对着她的电话喊出的那些话已经够她受的了……要是不那么痛苦就好了！

两天之后她出院了。妈妈在下面跟出租车司机算账，耽搁了很久，丝维塔慢慢地爬上楼梯。在二楼的时候，门打开了，已经退休的邻居老太太从家里走到了楼梯拐角的平台上。

"您好！"丝维塔微笑道。

"你好！"邻居勉强点了点头，把嘴巴一撇："看样子，是出院了？"

"是的。"

"又要去寻找新的奇遇吗？"

"什么奇遇？"丝维塔慌了神。

"就是那些咯！"邻居阴沉地摇了摇头，"报纸上写的那些。你难道不害臊吗？这么大的女孩子了！没事可干——帮妈妈做些家务也是好的。可瞧瞧你想出了什么，和小伙子们去开车兜风！"

丝维塔感觉到一阵恶心涌上心头。

"对不起，"她小声说道，用手掌捂住嘴，奔向了自己家门。

"天哪！"邻居惊呼道，"她好像怀孕了！"

结果，邻居成了第一只春燕，或是四处传播新闻的喜鹊①——这新闻一半是报纸记者想出来的，另一半是邻居自己想出来的。关于丝维塔"壮举"的传闻立刻蔓延开来了，在楼里，在院子里，在学校里。

女校长把丝维塔的妈妈叫到了学校，建议她让女儿转学。

"请您理解，"校长说，"我们只是普通的学校，没有对待问题少年的工作经验。"

"难道丝维塔是问题少年吗？"妈妈惊慌失措地说，"她学习非常好。而且一向品行优秀。"

---

① "喜鹊"在俄语中有"多嘴多舌的人"的意思。

"学习是不错，"校长纠正道，"而表现嘛，的确是我们疏忽了，没教好。我也说嘛，我们没有这方面的专家。丝维塔现在需要仔细的监督。"

"可是为什么？她只是遇到了一个不幸的意外！这样的事可能发生在任何人身上。"

"您说什么呢！难道一个正常的听话的女孩子会坐进陌生人的车里，然后……"校长微微地脸红了，"她和那个小伙子有关系吗？连报纸上都这么写了……您明白吗，您的女儿把我们所有的声誉都给毁了。"

"报纸上那完全是胡说八道！"妈妈震怒了，"我要把这个记者告上法庭！"

"我理解，"校长叹了口气，"您很难相信，自己的女儿走上了歪路。我们也很难受，但是……不能一辈子把头埋在沙子里，像鸵鸟一样！您应该面对现实，最终帮助自己的孩子！把她送到专家那里……"

妈妈哭着从学校回到了家。她把丝维塔的档案扔到了桌上，把自己锁进了浴室里。

丝维塔小心地看了文件夹里的东西，读完了学校对自己的鉴定，好像这一切都跟她没关系似的。只是不知道为什么房间里的空气变得黏稠和难闻。丝维塔走到窗前，往自己的方向开窗，可冬天的窗户都用透明胶带糊上了，所以没有松动。于是丝维塔更用力地拉着，胶带噼噼啪啪地响起来，终于和窗框分开了。丝维塔感觉呼吸变得更困难，她用最后的力气抓住了窗户的把手。

窗子打开了。丝维塔咬着牙小心地吸进湿润而寒冷的空气，突然眼前开始发黑。她急忙从窗口躲开，回到房间里面，无力地倒在了地上。

后来，丝维塔才知道，下班回到家的爸爸发现她在大开的窗户下晕倒了，而妈妈在浴室里小声地哭泣。

丝维塔被急救车抬走了——她得了肺炎。现在她躺在彼得堡的医院里，来看她的只有爸爸妈妈。肺炎治好之后，爸爸给丝维塔弄来了去疗养院的许可证。而当她从疗养院回来的时候，所有的问题都以某种方式解决了。

第一，老校长光荣退休了，而新校长上任的第一件事就是给丝维塔的妈妈打电话。

"我们非常期待丝维塔回来上学！"她说，"请您原谅我的前任，她……她对我们工作的想法非常独特。人老了，身体也不好，工作到年底都不行了。当然啦，丝维塔因为生病落下了很多课，但她学习能力很强。我们可以先在档案里写她正常升了一个年级。让她在夏天好好恢复健康，养精蓄锐，从秋天开始给她强化补课，让她赶上班上同学。我想，这些她都能做到的。而我们，也将从自己的角度来帮助她。而且同学们都很想念丝维塔！"

第二，邻居老太太们厌烦了拨弄丝维塔的是非，她们有了新的话题，比这个要有趣得多。

第三，暑假开始了，一直到九月都可以不用想起关于学习的事儿。

一切都很好，如果丝维塔能不想瓦列尔卡的话。但是她做不到。

第二十章

有人在敲房间的门，一开始敲门声怯怯的，然后越来越响亮和自信。

丝维塔从床上一跃而起，匆匆地照了一眼镜子，然后打开了门锁。

"你好！"弗拉季克说。

"你好！"丝维塔微笑道，"你怎么到这儿来了？我们不是说了在甲板上见面吗？八点钟。"

"那又怎么了？"弗拉季克皱起眉头，"不可以吗？离八点还有好久好久！妈妈在哄西姆卡睡觉，我好无聊啊！而且，你那个浅色头发的女孩也和一个小伙子去游泳了。"

"和哪个小伙子？"丝维塔跳了起来。

"不知道，"弗拉季克耸耸肩，"他高高的个头，肌肉发达，可脸长得像猴子。"

"有意思，"丝维塔拉长了声音说，"那他们去哪儿了？"

"导游之前指给我们看了一个小湖湾，那儿的水是温的。他说游览结束后，可以去游泳。但我们和妈妈没有去，因为西姆卡累了，你的浅色头发的女孩大概不累吧。"

"很多人都去那儿游泳了吗？"丝维塔饶有兴趣地问。

"才没有！只有浅色头发的女孩和那个小伙子。"

这令丝维塔不是很高兴。不过她担心什么呢？是阿尔卡自己离开她跑到外面的。嗐，那就让她想怎么玩儿就怎么玩儿吧。

弗拉季克看了看表。

"你想一起去走走吗？还有时间。"

"你想吗？"

"嗯。"

"那你妈妈同意吗？"

弗拉季克嘿嘿笑了：

"呃，如果是和你一起……而且如果我答应她不下水的话……"

"可她又不认识我！"

"那我来介绍！走吧！"

瞭望台上一个人都没有。丝维塔走上木质的台阶，然后停了下来，弗拉季克在她身后兴奋地惊呼了一声。

栅栏外面就是岸了。石头、草地、小松树沿着倾斜的表面分布着，好像是摆放得零零散散的玩具。在距离通向湖岸的斜坡顶端的不远处出现了几条狭窄的小路。下面蓝色的湖面像镜面般闪烁着，湖水溢出了岸。雪白的快艇在湖上飞驰而过，留下一条条泡沫和飞落的浪花。在像湖水一样蓝得耀眼的天空中，正在向西移动的太阳发出微弱的光。在湖中，太阳在地平线上映出一个金红色的斑点。

"太棒了，是吧？"弗拉季克喃喃道。

"嗯。"丝维塔附和道。

她看看水，看看天，又看看松树，突然很想哭。为什么自己躺在房间里，而没有在这里度过一整天呢？

"尼卡也会喜欢这里的。"弗拉季克突然说。

丝维塔叹了口气，缓缓地走向瞭望台的出口。

"很难有人会不喜欢这里。有趣的是，你说尼卡让你把字条给我……可他是从哪儿知道，我会坐这艘船的呢？"

弗拉季克快速地走下台阶，向丝维塔伸出了手：

"他之前并不知道！是来送我的时候才知道的。当他在这儿看见你的时候，差点没疯了。"

"为什么？"

"怎么说呢……一开始他慌了，甚至躲到了桌子后面，免得你不小心看见他。然后他从笔记本里撕下一张纸，写了字条，让我交给你。妈妈刚好去给我们买冰淇淋了，西姆卡在旁边转来转去，还嘻嘻地笑。后来尼卡走了，西姆卡就瞪大了眼睛问：'这是很重要的文件吗？'我说：'是的！'他还追问：'是秘密的吗？'我就点点头，很明显的嘛。他就鼓起腮帮子，正儿八经地说：'好。我已经长大了，能够保守秘密了。'可就是他差点在妈妈面前说漏嘴……"

"说漏了嘴也没什么可怕的，"丝维塔微笑着说，"总的来说你弟弟很好，这么认真。"

"嗯！"弗拉季克表示同意。

"你之前说他生了什么病，那病好了吗？"

"好了。他之前神经有些紧张，因为动画片。"

"因为什么？"丝维塔吃了一惊。

"因为动画片，"弗拉季克重复道，"妈妈找了一个老医生，他跟妈妈这么解释的，说现在有些动画片对孩子的影响非常大，因为那些巨大的声响，鲜艳的色彩，邪恶的主人公。总之有的人看了没什么，有的人看了会感觉很糟糕。有些孩子会体温升高，而西姆卡就开始失眠。妈妈最初也不相信，但自从只给他看经典老动画片之后，病就慢慢好了。"

"不可思议！"

"嗯。"弗拉季克点点头。

他们在松树之间沿着宽敞的小路走着。左边的陡岸变得越来越平缓,闪烁着光的水面也越来越靠近。弗拉季克时而和丝维塔步调一致地走,时而跑到前面,认真地察看四周。

丝维塔在岔道口停了下来。宽阔的、被无数行人走过的主路伸向前方,而一条狭窄的、草木丛生的小路通往湖的方向。

"走哪条路?"弗拉季克问。

"去湖边。"丝维塔决定。

走狭窄的小路有点儿困难,脚下不时会踩到湿润的石头而打滑,硬邦邦的灌木树枝老是钩住衣服。

"要不,我们回去吧?"丝维塔提议。

"可以啊。"弗拉季克耸了耸肩。但丝维塔察觉到,他根本不想回去。

"算了,"她叹了口气,"还是再往前走一点儿吧,如果我们不会在灌木丛里迷路的话。"

"不会迷路的!"弗拉季克高兴起来,"我来过这里,马上就会出现一个通向湖湾的斜坡。你知道那儿有多美吗?"

小路的确转了个弯,并且向下延伸着。

"对了，"当弗拉季克停下来，把粘在牛仔裤上的牛蒡刺拣下来的时候，丝维塔问道，"你知不知道，尼卡是怎么认识我的？"

"我以为，你们在一所学校上学呢，"他解释道，"难道不是吗？"

"呃……"丝维塔陷入了沉思，"我们年级里好像没有叫尼卡的。这个名字很好记，如果有的话，我一定会知道的。"

"可这不是名字！"弗拉季克大笑起来，"这是他在俱乐部的绰号，他自己告诉我的。还记得吗，我跟你说过的博物馆里的航模俱乐部？就是那个。当他第一次去俱乐部的时候，他说了自己的姓名，为了方便在网上注册，别人问他：'有昵称吗？'他就慌了：'昵称？'他说：'尼卡①……'他想解释说，昵称他没有，以后会想出来的。可当时有个男孩子就说：'尼卡就尼卡呗！有什么好害羞的？'于是从那以后他就是尼卡了。"

弗拉季克说了一半突然停下了，丝维塔惊奇地望着他：

"你怎么了？"

"安静！"他说，"那儿……"

① 俄语中"尼卡"和"昵称"在这里是同一个词。

什么也不用解释。现在连丝维塔也听见了，不远处传来哗啦哗啦的水声，那声音实在太响了，好像是谁在故意用什么沉重的东西拍打水面。

"奇怪。"她用鼻子哼了一声，突然沉默了。

因为从湖边的灌木丛里跑出来一个头发蓬乱的小伙子，他往上拽了拽自己的百慕大短裤，看了一眼丝维塔和弗拉季克。

"别走过来！那儿有些奇怪的东西在游泳。"

"谢谢。"丝维塔慌张地点了点头。

小伙子沿着小路飞快地跑上岸了。

"得回去了。"丝维塔叹了口气。

"可惜，"弗拉季克很失望，"差一点就到了。要知道你那个浅色头发的女孩就是跟这个小伙子去玩儿的。"

就在那一瞬间，从灌木丛里传来了一个女孩的嘶哑的喊叫声。丝维塔抓住了弗拉季克的手。

"你怎么了？"他吃了一惊。

"这是阿尔卡！"

灌木丛后面再次传来响亮的汩汩的水声，然后阿尔卡又叫了起来，只不过现在的声音小多了。

"你就站在那儿！"丝维塔吩咐道。

说着她径直穿过灌木丛，向湖边跑去。

一开始她以为一切都是错觉。湖湾里的水太平静了，阳光照得太温柔了，周围的一切都太亮太安静了，她甚至眯了一会儿眼睛。可当她睁开眼睛的时候，一切都还跟原来一样。

在距离岸边几米的地方，阿尔卡湿漉漉的头在水里时隐时现。她一会儿浮在水面上，一会儿又消失了。

"你不会游泳的话还跑到水里干什么！"丝维塔从牙缝里挤出这几个词，然后裙子也不脱就跳进了水里。

她们两个人坐在床上，好像什么也没有发生过。只是连衣裙晾在衣架上，把房间从中隔断了。颠倒了位置的皮鞋和运动鞋胡乱地摆在空调前的报纸上。

"我把你的生活都毁了，"阿尔卡小声说道，"可你还救了我。"

"行了吧，什么救不救的！"丝维塔埋怨道，"那儿的水深只有半米！"

她惊讶地觉得，自己和阿尔卡好像互换了角色。似乎现在丝维塔成了姐姐，阿尔卡成了妹妹。

"要不是因为这个笨蛋，我一辈子都不会下水！"阿尔卡说道，"他先把我的皮鞋扔进了水里，然后把连衣裙卷成石头似的一团，也扔了进去。我只穿着泳衣怎么回到轮船上？"

"就算那样也不会发生什么可怕的事！"丝维塔不确定地说。

"是吗？"阿尔卡不同意。

只不过现在她说话不像以前那样带有敌意了，而是在诉苦。

"你在游览中途离开了，而我留了下来。因为我没及时戴上三角头巾，当地的大妈们就那样地对我发出嘘声！好像我犯了罪一样。"

"你回来的时候就是因为这个差点哭起来？"

"是啊。你知道有多难过吗？而且没有一个人为我鸣不平，没有人开口说一句话。所以你能想象，如果我只穿着泳衣走回来，结果会怎么样吗？"

"你当时应该叫人，向别人求助啊。"

"可那儿一个人也没有！我们特意找了一个僻静的地方，想单独待着。我怎么知道，这个伊利亚是个神经病？我以为他是个正常人呢，一起散散步，晒晒太阳，晚上去酒吧坐坐。"

"那他为什么会这样……发神经？"丝维塔小心翼翼地问。

"是啊，"阿尔卡挥了挥手，"也许是我自己的错。他以为，如果我跟他去散步，就说明我喜欢他。我们晒了会儿太阳，然后他就来抱我。喏，像大人那样，很认真严肃的那种。然后还想接吻，我一下子就觉得很厌恶！于是我打了他一耳光，也是很严肃的。我说：'冷静点！'他的牙齿就嘎吱嘎吱地响起来，我以为他要杀了我呢。结果没有，他非常平静地走开了。'现在，'他说，'你自己冷静去吧！'说着就把我的所有衣服扔进了水里，然后离开了。"

"你觉得厌恶，这可以理解，"丝维塔若有所思地说，"你有男朋友，那么和其他人在一起是应该觉得厌恶的。"

她努力说得很平静，努力不去想阿尔卡的男朋友就是瓦列尔卡。

阿尔卡十分悲哀地看了看她。

"我真是畜生！"她嘀咕道。

丝维塔耸了耸肩：

"你别这样啦！"

"不，"阿尔卡摇了摇头，"如果你知道我做了什么的话，你肯定要恨死我的！"

"你做了些什么？和瓦列尔卡谈恋爱？唔，我会挺过去的。我已经没事了。"

丝维塔说话的声音是这么平稳，连她自己都感到惊讶。好像现在她说出的每一个词，没有再让她忽冷忽热，没有让她的心抽紧，心跳得也没那么快了。

阿尔卡摇了摇头，用手捂住了脸。

"丝维塔，"她嘶哑地说，"所有的一切根本不是这样的。我……没有在和你的瓦列尔卡谈恋爱，我撒了谎。"

"什么？"

阿尔卡双手握拳，开始快速地说，好像害怕别人不让她说完似的。

"当时你出车祸之后，我的确去找他了。我在门口对他喊，而他……总之，他差点没哭了，然后跟我解释了一番。好像他是想救你的，但不知怎么的没有成功，有些事情他没能做到。"

"啊哈，还救我，"丝维塔含着泪说，"他跟绑匪说，连认识都不认识我。"

"那是他故意这么说的！他们想要报复他，可如果你对他来说什么都不算，那他们绑架你有什么用呢？不过他还做了些别的什么……真的做了！只是我不记得具体的了。我当时处于暴怒中，思考很困难，听他说话都一个耳朵进，另一个耳朵出。但有一点我确切地记得：他非常痛苦！"

"那他为什么不来电话呢？难道拨几个数字很难吗？"

"他不想打电话，想和你见面。他请求我带他到医院去看你，可医院只允许亲人探视，我怎么带他去呢？"

"那为什么你什么都没跟我说呢？"

"一开始，我是害怕你会很着急。后来……"

"怎么了？"

"后来我就改变主意了。你明白吗？他要了我的手机号，每天都给我打电话，问你怎么样。而我……我发现，他是个正常人，不仅仅是正常，而且很真诚。我周围那些人要么傻里傻气的，要么只知道玩儿、别的什么都不管，要么自恋到不知道自己是谁……而他是真诚的。你明不明白？而且他是真心喜欢你。可你却总跟我说：叛徒，叛徒。最有意思的是，他也认为自己是个叛徒，直到现在，而且直到现在都想弥补些什么，至少就在不久前还想过。而我，也是个有血有肉的人。你知道我当时有多难过吗？一生中从来没有人这样为我疯狂过。所以我就……对，我是畜生！我当时想，如果再跟他多相处一段时间，他就会注意到我的。只要你还和以前一样始终认为他是个叛徒的话，他总不能想着你一辈子吧？以防万一我还撒谎说，我正在和他谈恋爱，好让你……让你不要改变主意，不想再见到他……可妈妈好像疯了似的！对了，她今天给我打电话了。我们要搬去彼得堡了，这次旅行一结束就去。"

"明白了。"丝维塔小声说。

"你什么也不明白！"阿尔卡跳了起来，"我还没说完。当我们发现那张字条的时候，我一下子以为，那是他写给你的，没什么人会给我写字条。一开始我以为他也在轮船上，就跑去问旅行的负责人。负责人是我妈妈的中学同学，从小就认识我，因此我们才被允许在没有大人陪同的情况下来参加水上旅行的。她看了一下——名单上没有任何姓列谢特尼科夫的。我放松了一点儿，但还是无法决定要不要去阳光甲板。我写上了自己的名字，让你相信那字条是给我的。后来我鞋跟卡在网里了，一切就那样发展了……但这还不是全部。

我后来用你的手机给他发过短信，让他离你远一点。后来还想给他打电话，我们声音比较像嘛，但没成功。"

"怎么没成功？"丝维塔几乎是冷漠地问道。

"他没接电话。"

"你搞错了，阿尔卡。这不是瓦列尔卡写的字条。"

"那是谁写的？"阿尔卡很吃惊。

"完全是另一个人。我不认识他，可他认识我。更准确地说，不是这样的。我和他很可能是认识的，但直到现在我都不知道，他想和我交往。这是弗拉季克告诉我的，就是和我一起把你从水里拉上来的人。写字条的男孩子是他的朋友。哎呀，我还没有问，他叫什么名字呢！不过没关系——明天再问。"

丝维塔从阿尔卡的床上坐起来，摸了摸靴子。

"还湿着呢！"

"我们往里面塞进一些报纸吧，这样明早就会干了。"阿尔卡提议。

"好的！"

她们认真地在箱子里找到带有填字游戏的报纸，撕成一小张一小张的往鞋里塞。好像她们之间没吵过架，好像她们还跟从前一样是姐妹和朋友。"不过，为什么是好像呢？"
丝维塔心想："我们从前是姐妹，将来也是。至于是不是朋友，
以后就知道了。"

第二十一章

　　沙嘴延伸到湖里很远很远的地方。"这是我的第五片海。"尼卡心想。当他走到尽头的时候，已经有点儿气喘吁吁了。沙子还是潮湿而松软的，可他走得很急，为了今天一定不迟到，哪怕迟一分钟、一秒钟也不行。

　　尼卡的确没有迟到。他撩开额头上的头发，拿出了手机。这是玛莎的手机，里面装着他的 SIM 卡。结束通话后，尼卡又检查了一次，看是否一切都准备好了，就为了进行那最后一步。准确地说，是为了飞行。远距离的、决定性的飞行，而不是在"田野实验"里的那些。那些算什么？如果模型没有飞起来——会伤心，难过，但还可以挽救。可这次……

　　不知道为什么，尼卡确定今天的飞行会成功。也许，是因为弗拉季克一响铃就接了电话，并开心地告诉他，丝维塔肯定会和他一起去阳光甲板？也许，是因为在杂草丛生的岸边，玛莎和伊戈尔等待着，轮流用航海长用的望远镜看着？这一次他并不是一个人测算航线的，玛莎为了这次飞行特意从镇上回来了，她的父亲在逐渐康复中，还向尼卡转达了问候。或者仅仅是尼卡手中那闪着银光的无线电遥控的轻便的飞机模型，让他再次相信自己的力量了？毕竟这曾是他的事业，他习以为常的、钟爱的、真正的事业。

"看呀！"弗拉季克手指着天上，扯着嗓门叫道。

一开始丝维塔看见了一个小黑点，那黑点在眼前越变越大，开始像只蜜蜂，后来像只小鸟，然后又变成了银色的直升机，直升机侧面写着红色的字。丝维塔微微眯上眼睛，念了出来：

"拉多加。"

"是啊！"弗拉季克兴奋地叫道。

银色的"拉多加"在甲板上方飞了一圈，然后悬停在丝维塔的上方，摇摇晃晃地放下了三个降落伞。

"抓住！"弗拉季克蹦跳着，抓住了一个降落伞。

丝维塔弯下腰，拣起剩下的降落伞。每一个丝绸的圆顶上，都用与直升机名字相同的颜色写着："丝维塔，原谅我！"丝维塔惊呼了一声，感觉到自己马上就要坐在甲板上大哭起来。

直升机又飞行了一圈，然后在湖上飞走了。丝维塔目送飞机离开，直到它消失在水天之间。

直升机消失后，浪里又出现了一艘快艇。丝维塔跑向扶手索，用胳膊遮住阳光，然后看见了船尾上坐着自己在全世界最想见到的人。即使在她自己都无法对自己承认的时候，她最想见的人也是他。

"瓦列尔卡！"她喃喃道，用降落伞擦了擦眼泪。

"尼卡！"弗拉季克靠在旁边的扶手索上，挥起手来。

当他望向丝维塔的时候，丝维塔正兴奋地按着手机上的键。弗拉季克笑了，慢慢地走向了舷梯。

"嗨！"丝维塔的声音传到了他的耳边，"我已经原谅你了！"

图书在版编目（CIP）数据

第五片海的航海长 /（俄罗斯）叶卡捷琳娜·卡列特尼科娃著；陈肖译.—北京：
中国国际广播出版社，2016.10
（中俄文学互译出版项目·俄罗斯文库.少年文学丛书）
ISBN 978-7-5078-3876-3

Ⅰ.①第… Ⅱ.①叶…②陈… Ⅲ.①儿童小说－短篇小说－俄罗斯－现代
Ⅳ.①I512.84

中国版本图书馆CIP数据核字（2016）第187299号

《中俄文学互译出版项目·俄罗斯文库》由中国国家新闻出版广电总局和俄罗斯
出版与大众传媒署批准，中国文字著作权协会和俄罗斯翻译学院负责组织实施。

第五片海的航海长

出 品 人	宇 清	
策 　 划	王钦仁	
统 　 筹	张娟平 祝 晔 李 卉	
著 　 者	［俄］叶卡捷琳娜·卡列特尼科娃	
译 　 者	陈 肖	
责任编辑	杜春梅	
版式设计	国广设计室	
责任校对	徐秀英	

出版发行	中国国际广播出版社 [010-83139469　010-83139489（传真）]	
社 　 址	北京市西城区天宁寺前街2号北院A座一层	
	邮编：100055	
网 　 址	www.chirp.com.cn	
经 　 销	新华书店	
印 　 刷	环球东方（北京）印务有限公司	

开 　 本	880×1230　1/32
字 　 数	118千字
印 　 张	7.25
版 　 次	2016 年 10 月 北京第一版
印 　 次	2016 年 10 月 第一次印刷
定 　 价	36.00元